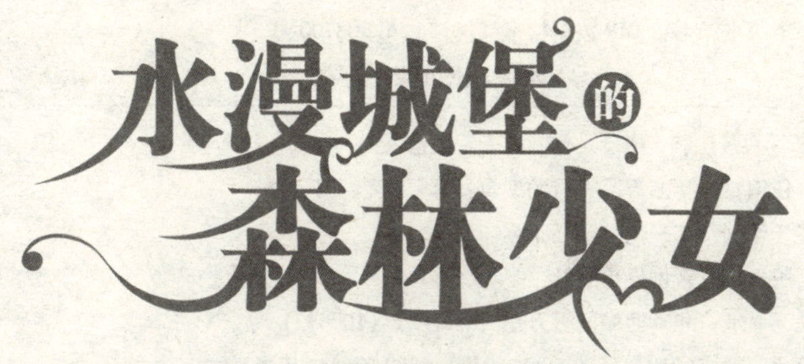

康静文◎著

新世界出版社
NEW WORLD PRESS

图书在版编目（CIP）数据

水漫城堡的森林少女/康静文著. ——北京：新世界出版社，2013.6

ISBN 978-7-5104-4327-5

Ⅰ. ①水… Ⅱ. ①康… Ⅲ. ①长篇小说-中国-当代

Ⅳ. ①I247.5

中国版本图书馆 CIP 数据核字（2013）第 108700 号

水漫城堡的森林少女

策　　划：李　烽　　作　　者：康静文

责任编辑：靳丽霞　　特约编辑：郝　曼　　李　丽

责任印制：李一鸣　　马正琴

出版发行：新世界出版社

社　　址：北京西城区百万庄大街 24 号（100037）

发 行 部：（010）6899 5968（010）6899 8733（传真）

总 编 室：（010）6899 5424（010）6832 6679（传真）

http：//www. nwp. cn

http：//www. newworld-press. com

版权部：+8610 6899 6306

版权部电子信箱：frank@ nwp. com. cn

印刷：三河市宏兴印刷厂

经销：新华书店

开本：880mm×1230mm　1/32

字数：135 千字　　印张：6. 25

版次：2013 年 9 月第 1 版　2013 年 9 月第 1 次印刷

书号：ISBN 978-7-5104-4327-5

定价：25.00 元

目录

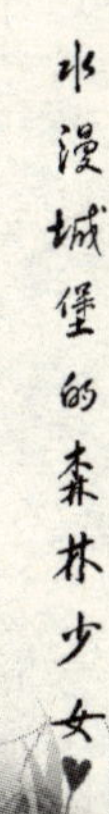

楔子

水漫城堡。

这是一个位于海洋中央的与世隔绝的岛屿，岛屿上除了茂密的森林之外，就是令人望而生畏的水域，陆地极为稀少，人们出行的工具都是极为特殊的竹排。

水漫城堡中充满了梦幻般的美丽，所有的珍稀动物、稀有珍宝都聚集在此，就连斑驳的阳光从这片天空照射下来，都被披上了一层迷蒙的美纱，令人迷醉了眼。

在水漫城堡中有一所独一无二的高等学府维尔利斯学院，进入学院的人非富即贵，直到有一名贫民少女入学打破了这个规矩，她就是苏小落，一个不折不扣的草根森林元气少女。

“苏小落，别以为你在这里我就找不到你！缪壬教授一直在找你，如果要是因为你一个人耽误了所有人的行程，我一定饶不了你！”沈墨昭这个富家公子哥儿才不能够理解一个草根少女的想法，尤其是她双鱼座少女的梦幻诡异，令他每每咂舌。

苏小落只不过是到学校的天台上发呆一下下，竟然被这个“黑面神”一路追踪过来，她神经短路地回了他一句：“在天台你都可以找得到，你暗恋我啊？”

“……”沈墨昭的脑子顿时短路。

“发什么呆？我很漂亮吧？不然你也不能一路追随到此吧？”苏小落拍拍屁股上的土，扭搭着水蓝色的裙子在他的面前走过，用她特有的招牌方式和他打招呼，竟然把这个“黑面神”吓到了。

小落的萌宠阿喵从背后的背包中探出头瞄了他一眼，它顿然间放光的眼睛在他面前一闪，用力蹿出背包跳到了沈墨昭的身上，用它修长的尾巴横扫在他的脸颊上，并且把丰富的口水留在他漂亮的外套上。

“你……你快把你的猫弄走！再不然我就……”

“你就把你的秃鹰叫出来是吗？放心，我的阿喵很识相的，它就算是再喜欢帅哥，也不会光顾你！谁叫你的嘴脸那么可恶！”苏小落拎起阿喵塞回背包，转头走掉。

阿喵依依不舍地从背包里探出头，依然流着口水看着沈墨昭帅气的样子，嘴里嘟囔着：“帅锅啊，小落……”

“闭上你的嘴，小心今天晚上用你做龙虎斗，我已经很久没有开荤了！”

阿喵听完此话之后立刻收声，它可不想变成小落的晚餐。

苏小落仰起头望着远方红成一片的火烧云，心情顿然兴奋起来，她顿了一下脚步把背包向上提了提，然后从教学楼天台缓缓走下去。

从维尔利斯学院任何一个角度去观赏，都能够见到美妙的景色，尤其是看到幽幽的森林上方飘着棉白色的云，这如仙如梦的场景往往能够令人美入云霄。

她刚刚在天台便是盯着远方的云彩发呆，开始畅想着有一天能够在森林里遇到一个帅气的白马王子，想着想着她的嘴角不禁上翘着，心中的甜蜜止不住地流露出来。

她在教学楼的走廊里已经能够听见同班同学说笑的声音，她把刚才和沈墨昭的对话完全抛诸脑后，雀跃着向教室的方向走去。

刚走到教室门口就听见缪壬教授在大声地宣读着什么，她走进教室的那一刹那刚好说到她的名字。

“苏小落和沈墨昭一组！”

“什么？”苏小落整个人都愣在了原地，她眨巴着大眼睛没有搞清楚状况就被教授定格，今天究竟发生了什么事儿？

几乎是同时，沈墨昭在教授的声音落地之前推门而入，他有一秒钟停顿，冷若冰霜的面容上有笑容一闪而过如昙花一现。若不是手臂上瞬间挺立的汗毛，苏小罗还以为是自己出现了幻觉。她凝视着面前的这个男人，可是下个瞬间她却发觉，自己才是正在被这个面无表情的人无情审视。她在他面前，像是待宰的羔羊，他则是最好的猎人，她越是挣扎，他才越尽兴。

“难道……”苏小落勉强敛起心底全部的惶恐，试图证实那呼之欲出的答案，可是她的问句才刚刚起头，就听见缪壬教授说道：“我把你俩安排在一组没有意见吧？”那声音里，满是慈祥。

小落刚才雀跃的心情完全被打击到，和这么一个冷若冰霜的

“黑面神”在一起，恐怕不会有什么好事儿，她刚想要推掉，站在一旁的沈墨昭却开口一字一顿地说道：“同伴很不错，草根少女苏小落！”

他这完全是像在讽刺她，然后冷着脸回到座位上，把苏小落一个人扔在教室门口。

阳光透过玻璃窗照进教室，从小落的角度看去的沈墨昭竟然如此好看。精致的脸孔，轻柔的碎长发显现成金黄色，轻描的淡眉，薄唇颤动，加上那忧郁神秘的眼神，他就是其他女生眼中的无敌大帅哥加梦中小情人，可是在她的心里却如此丑恶！

小落的嘴角抽搐了一下，只能苦笑着点头。她从来都没有痛恨过谁，可此时的她却无比厌恶沈墨昭。

她灰头土脸地偷溜回座位，拿起教授发下来的假期作业，脑子顿时变成一片空白。

“特殊的假期作业：与安排的同伴到森林中探险，森林中惊险重重，还有百年诅咒的传说，所以一定要和同伴有良好的协作力，并且要对队友抱有坚定的信心，一路坚持走到最后。从森林中带回维尔利斯学院老师们安排好的精美礼品胜利回归，带回来的惊喜越多，成绩越高，在学校获得的奖学金也就更多！”

这么多诱惑的条件摆在上面，苏小落抬起头盯着讲台上的白头发老头，虽然心有不甘，但还是念叨着：“该死的沈墨昭，我倒是要看看是你能把我整垮，还是我先把你送回家！”

1 深陷迷雾

在迷雾的围城之中，我看不到你，你看不到我，维系我们之间的只有彼此的信任。

诚挚的友情，才是表达你我之间最好的方式。

相信。

Vol. 1

那薄如蝉翼的阳光透过筛网般密集的树叶照射在地上，空气中传来一阵阵属于树木特有的清香，在这个水一样的城池之中，到处都弥漫着梦幻般的气息，令人神往。

苏小落站在山丘上用心倾听着从草丛中所发出的阵阵蝉鸣，那天空中鸟儿自在翱翔的鸣叫，她脚踏着柔软的土地，感受着上

天带给她美好的一切。

阿喵从地上一路攀爬到了小落的肩头，用绒毛不断地在她凌乱的发丝上蹭来蹭去，直到它找了一个完好的姿势趴在了她的肩膀上眯上了眼睛。

“阿喵，你怎么又调皮？不是说好了你要在背包里睡觉吗？如果不是要出门几天，我也不会带着你一起来……”苏小落把已经变得臃肿的阿喵从肩膀上赶下来，打开背包让它钻进去，可这个拧孩子今天竟然没来由地不听话起来，它偏偏不要到那个黑漆漆的包包里去。

“落落……”阿喵抬着头在阳光下卖萌，用它柔软的毛蹭着小落的小腿，希望小落发发善心把它留下。它白色的毛发在阳光下发出耀眼的反射光，看样子最近它的伙食有些过于丰盛了，不过苏小落才不管它究竟发什么疯，抓起它丢进包里准备去找沈墨昭。

今天可是她和沈墨昭约定的日子，她很早便起来在这里等他，虽然这个阔少爷总是一脸瞧不起她的样子，但她绝对不能够低声下气地向他低头，尤其在这种关键时刻，更是要坚守自己的底线不能退缩。

刚刚走下山丘的她，竟然发现自己的竹排被人偷偷弄花了，不知名的液体黏糊糊地附着在竹筏表层上，让小落的鸡皮疙瘩都竖了起来。

“谁呀？竟然如此捉弄我？”苏小落嘟起小嘴，心里满是不悦的情绪，可转念突然想到沈墨昭，“好小子，竟然如此捉弄我，看我一会儿怎么修理你！”

这显然就是沈墨昭给她的一个下马威，让她在开始的时候知难而退，可她偏偏就不会上当，一定要坚持和他抗争到底。

小落用河水把竹排清理干净，虽然表层依然还有斑驳的痕迹，却已经可以让她落脚继续前进。她轻巧地跳上竹筏子，任凭竹筏在水中晃动了几下，她调整了一下平衡点站稳了脚步，不再等沈墨昭，准备自己独身向前闯。阿喵也从她的背包里蹦了出来，蹭了蹭她有些脏了的大头鞋，懒洋洋地趴在竹筏子上和她一起欣赏着两岸的极致景色。

郁郁葱葱的森林灌木丛生，偶尔从树荫里透露出来的阳光调皮地洒在她的身上，在她白色的衬衫上形成好看的光圈，让她整个人享受着阳光的沐浴。不知名的小鸟在树上叽叽喳喳地叫着，似乎是在给她歌唱起航的歌谣。

苏小落早已经摆脱了刚才受到挫折的灰暗情绪，除了有些激动之外还有些惬意，她四处张望着想要找到缪壬教授所说的指引。

通往远方的神秘森林并不会是一帆风顺的，偶尔遇到一些挫折是不可避免的事情，可还没有走出多远，一场对她来说的重大浩劫已经摆在了面前。

在水中生长的灌木应当是错综复杂且有秩有序的，可面前的这道看似浓密的“树墙”，挡住了她的去路。

小落小心翼翼地把竹筏靠近过去，发现这些灌木竟然没有根，是漂浮在水面上的一道假墙，她用手轻轻一推就有些移位。

“树墙”渐渐散开，给她的竹筏让开了路。

小落的心中产生了怀疑，对趴在筏子上的阿喵说：“这是谁干的？难道是沈墨昭？”

虽说沈墨昭是一个富家阔少爷，但依他一个人的力量不可能做这么大的屏障来阻挡她前进的脚步，何况撇掉了她，他也不见得能够得到什么好处。

阿喵扭动了一下身体，很不情愿地从竹筏上爬起来，缓缓地走到小落的脚边，喃喃自语地说道：“诅咒……这就是诅咒……”

“诅咒？”这个词在小落的脑海中盘旋了一周，立刻从脑海中消失不见，“胡说，这么宁静幽深的森林怎么会有诅咒呢？何况看灌木的形态就知道是人为，这一定是沈墨昭那个家伙在作怪。”

苏小落不顾阿喵的话继续前进，她早已经忘记缪壬教授发下来的纸条上写过的话——这就是百年的诅咒，而并非人为。

她躲过了灌木丛，绕过了藤蔓的树枝，进入到了这次作业的区域之中，而刚进入到这个区域，小落的眼睛就定格在了一棵大树上。

深入天际的大树一眼望不到枝头，可见这些树真的很高。阿喵很好奇地跳上了树，在它的枝丫上找到了一个写满了字迹的牌子，扔了下来。

小落拾起那张牌子，仔细地看了起来。

“通往森林深处的开端，每隔一棵‘通天塔树’便是一个关卡，协同你的伙伴顺利通过十个关卡后即返程。森林核心勿进，触碰森林中的机关，即可启动百年诅咒。谨记！”

苏小落嘟了一下嘴，立刻把牌子扔在了地上，觉得这个东西真的好奇怪，说得如此怪诞，也不知道是不是真的。

“嘿，草根女！刚……”苏小落身后突然传出沈墨昭的声音，让她刚刚受到惊吓的心停顿了一下。

小落把牌子扔在了他豪华的船上，叫嚣着对他大吼道：“我叫苏小落，不叫草根女，你难道听不懂人话吗？如果沟通不好的话，我愿意让阿喵当你的翻译助理！还有，不要在我的背后做小动作，会遭到报应的！”

沈墨昭再次被这个女人堵到完全说不出话来，看样子他天生和她就不是一个国界的人，连最基本的沟通都有问题，他真的要反思一下自己的决定是不是正确的。

站在沈墨昭肩头的鹰风神，迎着风长啸一声，尖锐犀利的声音划破了森林的宁静，啸声回旋在森林中，令百鸟仓皇飞起。

阿喵十分胆小地蜷缩着躲在了小落的背后，眯缝着琉璃色的眼球看着它，它在空中的骄傲令阿喵的优越感骤然失色。

不知是不是风神听懂了小落对沈墨昭的奚落，它全身低下来，鹰眼盯着阿喵的位置全身紧缩了一下，准备攻击。

沈墨昭察觉到了风神的异态，安抚了一下它的情绪，对小落说道：“再废话我就让风神把你的阿喵叼走！”

苏小落才不以为然继续讽刺：“好啊，那我就不用和你沟通了，猫人加鸟人！”

Vol. 2

苏小落的竹筏子在水道中游走得欢畅自由，如同鱼儿在水中一样得心应手，反而是沈墨昭的豪华船在这狭长的森林水路中显得竟然如此巨大，每走过一个转角都会很吃力地摆头，几次险些把小落的竹筏撞翻。

可小落并没有把这件事放在心上，而是把所有的精力都集中在找寻缪壬教授所说的“惊喜”中，直到她的船和另外一个人的船相撞。

“啊……对不起对不起……”他扬起短发，露出灿烂的笑脸赔罪，苏小落看到他的那一霎，顿然间火气消失不见。

他确实美得耀眼，和沈墨昭完全形成了鲜明的对比。干练的短发在斑驳的阳光下闪着光芒，迷人的欧式眼散发出诱惑的小眼神，白嫩的脸令女生嫉妒，他就是那种低情商的单纯男生，更加是校园里男生女生追捧的“阳光王子”，被大家誉为“好脾气先生”的典范——昊轩。

任何一个女生当面对如此美男诱惑的时候完全没有任何抵抗力，苏小落也不外乎是，但最为突出的则是阿喵小姐，它几乎从竹筏上蹦起来，眼中闪现着各种萌爱的目光，口水几乎掉在地上。

“额……貌似这里应当不是你的入口吧？你怎么会突然出现？”苏小落错愕地盯着他尴尬的脸庞，她羞红了脸连忙问，“你的同伴哪儿去了？”

昊轩眨巴着无辜的眼睛，晶莹的水状体在眼眶中打转，受到极大委屈的他有些不好意思说出口。反而是站在大船上的沈墨昭说出了他的心声：“想必是被人赶了出来吧？”

苏小落狠狠地瞪了他一眼，刚才和他吵架的火气还没有消减，现在竟然再次火上浇油，“我也想把你赶出去，看你一副大少爷的样子，你究竟能做什么？”

小落的话音刚落，昊轩的头低得更深了。他似乎也是小落口中的大少爷，也是什么都做不了，也是这样被另外的同伴嫌弃的原因才被抛弃，可他真的已经很努力，很认真了。

1 身陷迷雾

“别吵了，别吵了！马上要有人来了！”一只站在枝头色彩斑斓的鹦鹉叽叽喳喳地说着。

“嘘……不许瞎说！”昊轩抬起头把夜白抓了回来，让它乖乖地停留在他的肩头，“真是不好意思，它总是会乱说话，这么大的森林我们能遇上已经是个奇迹了，怎么还能有其他人呢？”

阿喵却对那只可爱的鹦鹉极其感兴趣，蜷缩起身体准备冲上去追逐，却一把被小落按在了怀中。

“阿喵，不许无礼哦！那可是昊轩哥哥的宠物，和你的待遇是等同的，难道你也想沦为秃鹰口中的午餐？”

小落不说话还好，当她说到了吃，阿喵的肚子竟然不合时宜地咕噜噜地叫了起来，当它万般饥饿的时候却让它盯着一只香甜可口的鸟儿，这是多么折磨人的一件事儿啊！

“饿啊，落落……”阿喵发出惨烈的叫声，夜白急忙抖了一下身上的羽毛，紧紧地靠在昊轩身上。

苏小落和昊轩的目光都定在了沈墨昭手中的食物上，尤其是他们咽着口水的怪异表情，更加让沈墨昭开始恐慌。他慢吞吞地把食物塞进口中，眼睛却紧紧地盯在两个人的身上，肩头紧缩着，伏卧在他肩头的风神随时等候着旨意准备攻击。

“大少爷就是大少爷，根本都不会顾及我们的感受！”苏小落牙关紧咬，牙齿发出咯咯的声音，犀利的眼神足够让沈墨昭无所遁形。

可沈墨昭却完全当没有看到，他更加不会忘记这次来的目的，虽然她说话有些难听，但总不至于让他会同情这个草根少女！他只是扔给小落一个鄙视的眼神，嘴里嘟囔着说道：“出门都不做足功课，你不也是……”

沈墨昭的话还没有说完，昊轩肩头的鹦鹉已经偷袭了他的食物袋，把他整袋的食物都叼了过来，放在了昊轩的脚下。

苏小落虽然是个草根少女，却从不会做落井下石的事情，她拧紧眉头对昊轩说：“虽然他不给，但我们不能做这种缺德的事儿，还给他，我会想办法！”

夜白很不情愿地把食物袋送回去，丧失斗志灰溜溜地飞回来栖息在树枝上，刚刚明明是昊轩的指示，却变成了它的过错，心里十分不爽！

昊轩也是苏小落口中的大少爷，他除了在家里衣来伸手饭来张口之外，恐怕没有别的用处，只能等待小落的救济。

“有人，树上有人！”站在枝头的夜白突然大声尖叫，它在上面用力地扑腾着翅膀，使出浑身解数让所有人注意它，可大家都已经饿得没有力气理睬一个鸟儿的话了。

偌大的森林要找些吃的还是比较容易，小落四下打探着，找些既能饱腹又好吃的果子。可树确实太高，她没有办法看清楚上面果实的样貌，更加不能确定是否有毒，所以不能轻易摘来吃。

反而是阿喵蹲在竹筏上，用爪子不断地搅弄着水底，它瞪大了眼睛看着水底，宛如发现了新大陆一般。它看着水底的鱼儿游来游去，徜徉得竟然如此自由，虽然有些不忍心把他们抓上来吃，可也总不能饿着肚子吧？

“喵呜……落落，鱼……”

鱼？小落的眼前一亮，蹲下来仔细研究了一番，确定这是可以吃的，拿起放在竹筏子上的竹插用力刺下去，一条鲜活的鱼就被逮了上来。

“看，我们这不就有吃的了？这总要比他干巴巴的面包要好吃吧？”

昊轩的眼前也为之一亮，没想到这个草根女竟然会如此厉害，这在他的心里大大增加了人品值。阿喵一看到好吃的，也围绕在小落的脚边转来转去，口水已经滴到了地上。

小落刚把鱼放在竹筏子上，就听到树上有动静。

“谁？”她猛然抬头。

阳光刺眼地晃着，她有些看不清楚上方的情况，但可以确定的是，树上有人。

“快看，有人！”昊轩也惊了，不知所措地喊着。

而沈墨昭的表情渐现凝重，刚刚还想和小落作对，恐怕现在也没有任何心思。

树上的人究竟是谁？

Vol. 3

在这火热的盛夏，能够置身于森林之中，绝对是一种享受。树干参天，那粗壮的树枝斜着向上伸展，是大树有力的手臂，托起了繁茂的枝叶，树叶在半空中摇曳，远望过去似冲天燃烧的绿色火苗。阳光从树叶的缝隙间散落下来，好像有人在这神秘的空间中洒下了大把的金星，令人迷醉了眼睛。

他们三个人都仰着头向上抬头望去，无数的叶子，密密麻麻，在树枝和树叶遮挡的深处可以隐约地看到一个身影，虽然不是很清晰，但可以分辨得出来那个人穿着一身黑色的衣服，站立在较为粗壮的树枝之上。

“他……他是怎么上去的？”小落奇怪地发问，惹得昊轩不禁笑喷了。

树上的人似乎察觉到他们发现了他，闪躲着隐藏进较为深邃的密叶之中。他不动还好，身体一旦移动了令小落几个人更加乱了阵脚。

沈墨昭仰头仔细盯着这个黑衣人看，不知是敌是友。他耸了耸肩，示意风神冲上去看个究竟。

风神收到沈墨昭的旨意一个展翅直冲云霄，没入浓密的树叶之中消失不见，几许之后几个人注意到有了响动。树影中竟然有一个物体不断迅速移动，似乎是受到了什么攻击，几乎是同时从树上纷飞下各种的飞禽在空中盘旋，几秒钟之后小落终于看清楚了事态发展。

“是秃鹰，秃鹰攻击了树上的那个人！”小落在竹筏上跳着脚叫着，竹筏晃动险些掉下水，可小落并不是在为风神加油，而是在为树上的人担忧，她对秃鹰的主人吼着：“沈墨昭，你个冷血的黑面神，快点让你的秃鹰滚下来，小心要了人家的命！”

沈墨昭回敬给苏小落一个寒冷似冰的眼神，深邃充血的眼睛盯在小落的脸颊上，心中说不出地痛恨这个女生。他开始后悔自己的决定，为什么要同意和她一起来？他在打口哨之前对小落冷冷地说道：“你不想伤害他的生命，千万不要后悔之后他会对你痛下杀手！”

苏小落心地善良，从不会把人心想得如此险恶，她和沈墨昭强词夺理争辩着："就算那个人躲藏在树梢上，也不能够说明他一定是坏人！就好像你表面长得如此帅气，可谁知道你的肚子里全都是腹黑的馊点子！"

"你……"苏小落任何时候都可以找到借口来针对他，气得他简直没有办法和她相处下去，可看在昊轩还站在一旁的分儿上也不愿意和这个小女生计较，"和你这种人无话可说！"

他吹响口哨，天际间顿时出现一个黑点，向着他们的方向直冲下来，风神重新站到了他的肩头。

沈墨昭轻柔地把它托在手臂上，在它的爪上竟然有一处伤痕。

"该死！"他恶狠狠地痛骂着，"树上的人一定有问题，看来这次行程真的不顺心！接下来要更加小心才是！"

沈墨昭出行之前就听家人说过，这个森林是被下了诅咒的，他不应当如此鲁莽地横冲直撞闯进来，可事已至此他没有任何退路了。

苏小落这时才想起来她在进入森林时候遇到的树墙，或者那堵不合时宜出现的树墙就是树上的人所为，她偷偷瞄了一眼沈墨昭有些不好意思，难道她真的错怪了他吗？

"此地不宜久留，我们还是尽快前进的好！"昊轩心里也焦急起来，这个是非之地也不是他能操控的。站在枝头的夜白似乎也受到了惊吓，躲在他帽衫的帽子里，只露出头四处张望着。

"你俩快些把船移动，难道真的在这里等待树上的人对我们动手不成？"这时小落也意识到了危机四伏，她撑起竹筏尽快前行，可沈墨昭和昊轩的船在前面横着，她根本都没有办法撑过去。

沈墨昭冰冷的目光扫过她微红的脸，冷冷地丢下一句："知道

错了？你要不说，恐怕风神已经把他从树上赶了下来，只可惜让他给跑了！”

当他们都冷静下来的时候，树上的诡异身影已经消失不见，在这浓密的森林之中寻找一个完全不存在的人真的很困难。

“这个人充满了敌意，不然风神的爪不可能会受伤，从伤口上来判断应当是利器所伤！隐藏在树上的人，身上竟然带着利器，那么他一定来者不善，我们真的要注意才好！”沈墨昭把目光转移到昊轩的身上，他一个看似和他个子差不多高大的男生，可性格竟显出女生的柔弱，他真的在担忧他的同伴安危，“昊轩，你的同伴是谁？既然有危险，不如你回去找她吧？”

昊轩想到老师为他安排的同伴，心里就堵得说不出来话，他涨红着脸憋了半天才挤出一句话：“恐怕夏白梦和她的醉锦蜥蜴根本都不需要我这个废物，何况她的身边还有一个小跟班小蕊，我在她那儿显得是如此多余……”

苏小落可以感受得到他受到的打击不小，可两个女生在一起也是很危险的，必要的时候身边有一个男生心里也会安稳一些，她也劝说道：“你还是回去吧，万一发生意外你也能够照顾她们，何况她们恐怕也不知道森林的树上有人吧？目前我们只发现了这一个，说不定还会有第二个、第三个或者更多……那时候你后悔都来不及了！”

听了苏小落的话，昊轩开始动摇，他对小落说了一声“谢谢”，撑起船向他们相反的方向驶去。

森林中再次回复了宁静，而沈墨昭和苏小落也再次陷入了尴尬的困窘氛围，还好小落是一个不知趣的女生，继续和沈墨昭杠着找乐趣，气得沈墨昭七窍生烟，完全被这个无敌的草根少女击垮。

Vol.4

水路变得越来越浅，也越来越窄，沈墨昭的豪华大船在水域中行走较为艰难，反倒是小落的竹筏在水中畅行无阻，偶尔遇到磕磕绊绊只要撑过去就好，所以沈墨昭被小落远远地落在了后面。

从进入森林开始他们一直游走在水杉木之中，直到水域完全退去，小落意外地发现了新大陆般惊奇，原来在森林的深处竟然会有陆地，并且水杉树也渐渐减少，代替的则是一半生在水中一半长在土里的垂柳。

柳树的丝绦从树梢垂落下来，碧绿色的叶子几乎要伸长到地上，小落跳上陆地随意地摘取了一条柳叶编制好了一顶漂亮的花冠，虽然没有艳丽的花儿，但也足够能彰显出小落森林气息的优雅气质。

她仰着头透过柳树向天空看去，明媚的阳光已经褪去它鲜亮的衣衫，天空留下一抹金黄色的光晕，太阳也变得不那么刺眼，看来天气开始转变了。

沈墨昭也从船上跳下来走上陆地，站在小落的身边，用眼睛的余光盯着她看，还在奇怪这个古怪女究竟发什么疯。小落突然转过头对他诡笑着，“大少爷，变天了，恐怕你的船没有办法用了，要不要和我一起来撑竹筏？”

沈墨昭也看了一眼天空，阳光确实已经开始散去，天空零星

开始弥漫水雾，难道这是下雨之前的前兆？沈墨昭的心里一沉，突然觉得自己上当了。

他回头看了一眼被小落扔在水边的竹筏，上面还有斑驳的污渍，他才不会和小落搭乘这种脏兮兮的坐骑，他宁愿在溪流之中趟过去。

“才不要，你头上的那团东西丑死了，破筏子上脏兮兮也不知道是什么东西，我可不想让我漂亮的鞋子沾染上你任何气息！”

苏小落连连点头，大少爷一贯都看不上她的古怪行为，她也不足为奇，但也不代表她可以接受大少爷的这种傲气凛然，既然邀请无效，那么她宁愿一个人上路，把沈墨昭丢在身后。

小落在这块并不是很大的陆地上搜寻，想要找到缪壬教授所说的奖励，可这个地方转个圈就能看个遍，无论怎么看这都不像教授说的神秘地点。

沈墨昭不动声色，他抬起头看了一眼，耸了耸肩指着挂在树枝上的东西，风神便冲了出去。

风神在空中盘旋了一圈之后，从柳树枝头叼下来一个塑料袋，沈墨昭打开之后竟然发现是一双崭新的羊皮手套。

“这……”沈墨昭哭笑不得，这就是缪壬教授所说的神秘礼物？未免也有些太过于寒酸了吧？不过好在他比苏小落先找到一步，也算不枉费他的一番心思，“奖励我拿到了，你别费尽心思找了！”

沈墨昭得意忘形地在小落面前显摆着他的战利品，虽然这个东西对他来说并没有任何意义，但能够在小落面前威风一把也算是他的骄傲。

1 身陷迷雾

小落回过头看着他手中的羊皮手套，心里直痒，气自己为什么没有早一步发现。可她并没有气馁，反而言语讽刺他道："你不也是凭借着秃鹰才能够获得，如果单单凭借你一人的力量，能够办到吗，大少爷！"

沈墨昭才不愿意理会她，任凭小落怎么刺激他的神经，他都不做任何回应。小落跳上竹筏，扔下沈墨昭一个人独身向前行驶。

雾气越来越浓，刚刚百米之外的景象还可以清晰辨别，可在几分钟之后，竟然连几十米之外都难以看清楚。阿喵也受到了浓雾的影响，从竹筏上跳到小落的肩头，蜷缩着身体，全身紧绷着，目不转睛地盯着前方看。小落受到阿喵的影响，心情也渐渐地紧张起来。

原本在这种浓雾重重的天气就容易发生意外，现在加上小落刚刚和沈墨昭发生了争执，她的心里更是七上八下，唯恐会在这种地方发生意外。

"啊……"小落咒骂着。

这可真的是好的不灵坏的灵，竹筏偏偏在这个时候被什么东西挂住了。小落不敢轻举妄动，她慢慢地蹲下，顺着竹筏的边缘向外摸去，想找到挂住竹排的藤条，只要扯断了，就没有问题。小落心里想得很好，可越是焦急，便越是出现状况，她一个不小心从竹筏的边缘滑落到了水里。

"啊……救命……"

小落惊慌失措，沈墨昭听到了她在前面的呼喊，从后面撑着船横冲直撞地拥了上来，他不顾一切地跳下水把小落从水中救起。

小落和阿喵全身都已经湿嗒嗒的，没想到本想报复沈墨昭，

反而报应在了自己的身上，真是晦气。

沈墨昭并没有奚落她，反而扔给她一件干净的衣服，“换上吧，别感冒了！我可不想带一个累赘上路！”

说着他便把自己的上衣脱了下来，迎着浓重的雾气开始拧衣服。小落的心里有些不是滋味，他宁愿把干衣服给她穿，自己穿着湿衣服，这个大少爷也并不是十分无情冷酷。她转过身对他说了一句谢谢，换好了干爽的衣服，并用湿衣服凑合把阿喵擦干。

“额……那个……”小落自觉刚才那么做确实有些不妥，想要和他说一声道歉，又觉得不太好意思，“那个……”

小落透过朦胧的雾气，可以隐约地看到站在对面的沈墨昭露着坚实的脊背，原来他竟然有如此强壮的体魄，怪不得刚才救起她的时候，她可以感受到安全感，这就是缪壬教授说的信任？

她甩了甩头，脑子里怎么竟是一些奇怪的想法，她就算是信任沈墨昭不会是有害人之心的少爷，也不会承认他会是一个出色的好队友！

“咦……这是什么？”苏小落隔着雾气有些看不清楚，她缓缓地向沈墨昭靠近，几乎要贴在他的脸上，“啊……血啊……你出血了……”

沈墨昭随着苏小落目光的方向，把她盯着的位置的血迹抹了下来，很镇定地说：“不是我的血，上面还有人！”

话音未落，第二滴血再次滴在了沈墨昭的脸上，依然是同一个位置。苏小落捂住了嘴巴，忍住尖叫，小声地问：“难道……”

沈墨昭靠近她，很认真地点头，小声说：“趁着雾气，我们快走！”

1 身陷迷雾

Vol. 5

随着沈墨昭和小落向前前行，雾气也渐渐浓重起来，似乎这是一场旷日持久战。小落的竹筏每前行一步都举步维艰，阿喵提心吊胆地早已经逃到了沈墨昭的大船上，唯恐再次发生意外。

也不知是不是上方能够看到他们前进的进程，那个流血的黑衣人总是在他们的上方出现，每一滴血都斑驳地滴落在沈墨昭的船上，令他触目惊心。

“苏小落，我们要再快一些，他恐怕一直都跟着我们，这样下去我们就有危险了！”沈墨昭有一种不祥的预感，总是觉得这个人是冲着他俩来的，不然不会一路跟随着他们。

小落也提心吊胆，小心翼翼地紧跟着沈墨昭的大船，时刻警惕着，以防万一，竹筏也在小落的驾驶下随意变换着位置。

“哐当……”一个不知名的东西从天而降，落在了小落的竹筏上，她小心翼翼地低下身子拿起来。

“啊……刀……”苏小落急忙把刀扔在了竹筏上，沈墨昭听见她惊呼的声音停下了船，回过头问她：“发生了什么事儿？”

还没有从惊恐之中恢复过来的小落，吓得脸色有些惨白，她战战兢兢地站在原地，一动不动。似乎掉下来的那把刀有着某种魔力一般，让她整个人都定格在了竹筏上。

“怎么了？说话啊？”沈墨昭有些焦急，他走向船尾，跳上小落的竹筏，捡起掉落的那把刀仔细研究起来，“这……这是谁的？”

沈墨昭对刀上雕刻的图腾很感兴趣，并且这个图腾他似乎在这之前见过，他有种很亲切的感觉，可一时间竟然想不起究竟是在哪儿看到的。

“这……这是从天上掉下来的！”苏小落惊魂未定，手脚都有些颤抖，蹲在竹筏上，身体像被人抽空了精气般，整个人吓呆了。

沈墨昭翻转着那把刀，并不是很刻意地回答着小落的问题：“错，这并不是从天上掉下来的，而是从树上的那个黑衣人的身上，他一直在跟踪着我们！现在我更加好奇的就是这个人的身份，他为什么要一直跟踪着我们？还是说，他们是一伙人，进入森林的都会被列入其中？而他恰好不幸被风神抓伤？”

一系列的问题出现在他的脑海之中，只要把这些谜团解开，他就可以解释为什么一路上总是遇到困境。

小落听了沈墨昭的解释，心情也平复了许多，元气大伤的她恢复之前的斗志，她坐在竹筏上向着天空大吼一声：“有本事出来现身，不要总在树梢藏着，要么和我们对峙，要么永远从我们的世界消失！”

小落的话音刚落，树上便有了响动。

沙沙的树叶有节奏地随风摆动，显然黑衣人已经听到了小落和沈墨昭对他的不满，反正他的目标已经暴露，索性做一次回应。

他在半空中吹响了哨子，透亮的声音划过天际，让雾气浓浓的空气显得明亮起来。

不知是不是小落的心里作用，听过哨子之后，她开始觉得雾气慢慢散去。

雾真的缓缓变淡，颜色越来越浅，从浓浓的牛奶白，变成了稀薄的流动着的透明体，被浮动着轻纱般的迷雾笼罩着，树木也变得若有若无，随着迷雾的浓淡变化，小落和沈墨昭仿佛置身于海市蜃楼之中。

小落驾驶着竹筏渐渐地可以看清楚前方的路，在她的面前竟然笔挺着高高矗立着一棵参天大树，它位于一片空地之中，宛如刚刚进入森林中的那棵一样。

“这……难道我们进入了第二层?”小落欣喜若狂，这是不是意味着他们可以摆脱在上方跟随的黑衣人了?

阿喵跳上树，把放在树上的牌子拿下来，上面赫然写着几个大字。

“恭喜过关，第二关更加危急重重，不要掉以轻心。”

苏小落看着沈墨昭会心地笑了，她第一次见到沈墨昭的脸上还有第二种表情，原来他也会笑。她把从天上掉落的那把刀和羊皮手套收好，准备继续前进，却不料沈墨昭把那把雕刻着图腾的刀抢了过去，他绷起脸凝重地说道：“这把刀归我，它一定有什么名堂!”

瞬间，乌沉沉的云雾突然隐去，森林上空出现一个缺口，蔚蓝色的天空竟然如此夺目，在天上飘浮着几朵白色的浮云，一抹阳光闪电般落在参天的大树树干上。

天空的湛蓝色令小落心情极其爽朗，她让沈墨昭跳上他的船，她也回到竹筏上。她兴奋地深吸着森林中自由的空气，享受着美妙的大自然风光，这也是她第一次感受到“生活如此美好”的真谛。

“撑过这个屏障，我们就可以进入第二层森林了，我们也就会更加接近目标!”小落向着好的方向设想，可偏偏沈墨昭给她泼冷

水道：“别忘了我们还没有摆脱上空的家伙，小心他给我们用计！”

茂密的树叶遮挡的上空有一片银白色的云闪闪发亮，阳光没有完全从上空照耀下来，小落似乎已经能够感受到在这个屏障后面的风景，她不顾一切地撑上竹筏前进。而沈墨昭跟随在她的身后。

天空骤然间黑了一片，从上空落下来一个“东西”，它刚刚好地落在了小落的筏子上。

“前方就是你们的墓地，站住！”这个“物体”缓缓地回过头，原来他就是在上空一直跟随着的黑衣人。

沈墨昭已经料到有此一战，他沉着冷静应对，一个闪电般的手势挥出去，风神从他的肩头疾驰而出，这将是一场无休止的战斗。阿喵见此状况也不甘示弱，代表小落冲了上去。

而沈墨昭和小落借此机会，迅速躲避开黑衣人的视线，快速前进，却不料他们进入的竟然是另外的一个区域，偏离了原本的轨迹。

2 深陷泥沼

湛蓝的天空，我们携手共进一起仰望。

前路虽然漫漫无边，心却依然抱有希望。

Vol. 1

苏小落和沈墨昭在风神和阿喵的掩护之下，总算是逃离了黑衣人的魔爪，可走到这个区域之中两个人完全惊呆了。

仅仅相隔不到十分钟的路程，一面是艳阳高照，一面却是阴雨连连。天空似乎像一个漏了洞的大盆，不断地从上面滴答着雨水，冰凉的水滴掉在皮肤上凉凉的，让小落和沈墨昭的情绪缓缓地开始恢复。

沈墨昭不断回头张望，这是风神第二次自己战斗，他和风神已经有了坚不可摧的友谊，有些担心风神的安危。小落也看出他的心思，她又何尝不担心阿喵的安危。

小落装作淡定自若，不断地在沈墨昭的耳边说着："放心吧，风神那么勇猛一定会没事的！阿喵也会顺利归来！"

她虽然这么说，可也忍不住地回头张望。

沈墨昭瞪了她一眼，有些生气，如果不是因为她的话，恐怕黑衣人也不会这么快痛下杀手。

"你的阿喵和风神怎么能比？它可是经过精心训练的，阿喵只不过是一只会说话的傻猫而已！"沈墨昭始终没有把小落的一切放在心上，他关心的只有他的世界。

小落把嘴闭上，不想回应他的讽刺。

虽然阿喵是小落从路边捡回来的一只很普通的加菲猫，有些慵懒，超级爱帅哥，可阿喵在危急的时候总能站在小落的前面，始终为她着想。这样的一只猫就算它并没有特殊的能力，小落也不会置之不管。

过了十几分钟，后面仍然没有任何响动，小落真的有些焦急了。

"不行，就算你不要风神，我也要回去找阿喵！"苏小落撑起竹筏调转方向想要回去，而沈墨昭在她背后冷冷地泼上一盆冷水，"如果你不想死在黑衣人的手下，那么就安心地在这里等，风神绝对不会丢下阿喵不管，它是一个有教养的绅士！"

苏小落听到"绅士"这个词更加想要回去，能够有沈墨昭这样的主人，恐怕他的风神也不会好到哪儿去，她当初真的不应当把阿喵一个人丢在危险的黑衣人身边，可现在后悔也来不及了。

2 深陷泥沼

苏小落顿了一下脚步，她还是有些不相信沈墨昭的话。阿喵一直都没有离开过她，现在让它一个人身处险境，她怎么能够安心？何况阿喵常年吃人的食物嗅觉和味觉已经不灵敏，它一只猫怎么穿过如此深的水域？

小落越想心里越是难受，可好不容易从黑衣人的手上逃出来，难道真的要自己回去送死？她也有些不甘心。

突然间天空响彻了一声尖锐的鹰叫，沈墨昭抬头仰望，他指着湛蓝的天空兴奋地喊着："是风神，风神回来了！"

苏小落并没有抬头看，反而情绪更加低落，她扭过身真的准备回去和黑衣人奋战到底，去营救阿喵。

风神从天而降，平安归来的它栖息在沈墨昭的肩头，从嗓子里发出咕噜咕噜的声音，像是在讨好主人。沈墨昭抚摸着风神机灵的头，嘴角露出欣慰的笑容，看来他真的没有说错，风神的确是一只名副其实的"绅士"。

两个人亲密的样子小落并没有看到，可她已经能够想到沈墨昭幸福的模样，她开始心疼阿喵，不禁黯然泪。她擦干了眼角的泪珠儿，拿起竹竿准备回去，脚边突然多了一个毛茸茸的物体在蹭着她的小腿，她低头一看，惊呼道："阿喵？你……你是怎么回来的？"

她喜极而泣，眼泪鼻涕流作一团，面部表情已经扭曲到阿喵认不得的地步，阿喵有气无力地趴在她的脚边蹭着她的脚踝，看来它已经没有任何力气来讨好小落，能够留下一口气已经很不错了。

小落检查着阿喵身上的伤痕，它显然已经被利器所伤，腿部严重受伤，血迹已经沾满了她的竹筏。小落的心揪作一团，阿喵为她付出了这么多，她应当对它做出奖励才对。

“阿喵，你好好养伤，等回家我给你做鱼吃!”小落抚摸着阿喵已经脏兮兮的毛发，眼眶红了，泪水在眼中打转。

沈墨昭傲气凛然地对小落说：“我说了风神是个绅士，它一定会把阿喵带回来，是风神抓着阿喵的身体飞回来的！可以看得出来，它们刚才经历了一场浩劫，阿喵是一只尽忠职守的猫……”

能够从沈墨昭的口中说出如此的话，苏小落再次内心感到愧疚，两次错把好人当贼人，她的判断力还真的是有够差劲。不过还好在小落总是能够逢凶化吉，就算是遇到危险，也能及时有人相助，这次不就是阿喵和风神帮了她?

天上依然下着雨，阿喵的伤势还在继续恶化，小落摆脱沈墨昭把阿喵放到他大船上的浅舱中，这样可以让它能够更好地进行休息。

已经摆脱了黑衣人的追踪，他们缓解着紧张的情绪，不用再着急前行。沈墨昭和苏小落找到一个比较安全的地方上岸，准备生火取暖把湿衣服烤干，等雨停了然后再继续前进。

所有的一切安顿好了之后，沈墨昭才开始对这里的环境进行考察，却发现这里和之前的地形完全不同，并且还有很大的差异，相差千里得令人无法置信。

“这里……这里真的是我们原本应当要走的路?”沈墨昭也开始产生了疑问，好像刚才进来的时候并没有发现有什么不妥，可现在到处都充满了奇怪的气息，就连生长的植物都如此诡异。

沈墨昭如果不说的话，苏小落也并没有察觉，她把所有的心思都放在了阿喵的身上，等她也察觉到的时候一切都已经晚了。

空气中弥漫着一种奇怪的味道，有些酸腐，有些臭，似乎像是被人扔了一块难闻的臭豆腐。

“你看!”沈墨昭指着前方渐渐远去的景致，完全呆住了，“这……这究竟是什么鬼地方?”

苏小落迎合着沈墨昭手指的方向看了过去，顿时也呆住了，为什么和他们刚进来的时候完全变得不一样了?

这确实是个鬼地方，它的名字叫——鬼谷。

Vol. 2

鬼谷是水漫城堡中比较诡异的一个地方，很多人经过这里都被它神奇的力量吞噬，无法走出这个地形。黑衣人借助这种神秘的力量把苏小落和沈墨昭推向这个深渊，让他们没有办法从这里走出去。

鬼谷最神奇的地方就是在于它在空气中弥漫着沼气，这种沼气有一种臭鸡蛋的味道，并且在空气中可以燃烧，一个不小心有可能会在这里丧命。

沈墨昭意识到他们吸食的是这种气体之后，立刻用周围的水把他们刚点燃的火苗熄灭，他可不想在这里葬身火海。

森林中这种气味越来越重，令沈墨昭和苏小落没有办法正常呼吸，他们必须快些离开这个地方，否则会被沼气熏得晕厥过去。

沈墨昭在周围不断地打量着，有沼气的地方一定有沼气池，或者能够酝酿沼气的条件。可森林中完全是开放的天然环境，怎么可能有形成沼气的条件，这令他有些费解。

苏小落把阿喵带上船，推动了沈墨昭的船，勒令让他上船赶快离开这个危险的地方，可沈墨昭还想多停留一下，把刚才没有想通的问题想清楚。

小落急了，跺着脚对他吼道："沈墨昭，你个黑面神，别以为你救过我就可以任意摆布我！别忘了我们来的目的，我们不是来这里追寻什么真相，而是要找到缪壬教授安排的假期作业，难道你想葬身在这个地方?"

沈墨昭依然没有回应她，他反而想在这块土地上找到真相，一不留神脚下突然踩空了，险些掉下去。

"这是什么?"苏小落也赶了过来，站在这深不见底的洞口问，"难道就是这里面发出来的气味不成?"

沈墨昭蹲下来仔细研究着。

他用手丈量过，洞口虽然不大，但足够可以让一个成年人掉下去，如果不是刚才他抽身迅速，恐怕已经遇害。

"这种洞应当不会是天然形成的，可在这种森林中谁能够挖一个如此深邃的洞，这个洞的用途又是什么？和我们闻到的沼气的味道有什么联系?"这个问题像梦魇般围绕在沈墨昭的脑海中，他始终觉得几个问题没有任何联系，却又紧密相连。

苏小落是一个粗枝大叶的女生，她才不会把这几个问题联系在一起，可听沈墨昭说过之后，她的脑海中突然萌生了一个奇怪的想法。

"这会不会是一个阴谋？黑衣人故意把我们送进这里，想让我们无法走出去，没准这个洞也是他们的所为！至于他们究竟有什么阴谋，恐怕这不是咱俩能够参透的！”

小落一语惊醒梦中人，让沈墨昭从迷惑之中完全解脱出来，他顿悟着对小落说：“咱俩要动作快一些，立刻从这里走出去，不然真的会被困住！”

两个人跳上船和竹筏，推开岸边准备向进来时候的入口原路返还，可刚走出这个陆地沈墨昭已经觉得有些异样。

他回头看了一眼，瞪大了眼睛盯着刚才他们刚刚走过的地方，怎么完全变得如此陌生起来？他惊恐的表情被小落察觉到，小落也回头张望，也被这种景象吓到了。

“这……这是怎么一回事？”小落停住了竹筏子，沈墨昭也停住了船，他们不敢轻举妄动，唯恐真的会被控制在这里。

沈墨昭沉住气，回想起刚才每一个细节。他们似乎在被一种不知名的魔力驱使着，每走过的一步都被人监控，就好像在游戏中被人篡改了游戏的设定，令人在原地踏步，其实完全都是人脑中形成的一种臆想。

“你别着急，我想想！”沈墨昭陷入了沉思，凝重的表情令小落感到了心中不安。

沈墨昭越是拧紧眉头，小落的心情随之跟着也越加紧张，她不想站在原地傻等，宁愿自己去找寻答案。她决定自己去前方查看个究竟，撑起竹筏子对沈墨昭说：“我去刚才的大树旁看看，你站在原地不要动。”

沈墨昭还没有来得及阻止她，她的竹筏子已经冲了出去，人已经在了百米之外。小落也觉得身后顿时安静了下来，她回过头看了一眼，呆住了。

“沈墨昭？你在哪儿？别吓我，你到底在哪儿？”小落划出去仅仅百米的距离已经见不到沈墨昭，而且看到的景象和之前的截然不同，这究竟是怎么回事？

沈墨昭是看着小落从他的眼底消失的，但他却可以清楚地听到小落和他说话，他似乎已经明白了些什么。

“别害怕，我已经明白这其中的道理了！”沈墨昭安抚着苏小落的情绪，让她不至于做出冲动的傻事，“我们之间其实什么都没有，只不过是光在我们之间做了一道屏障，用光的折射改变了这里的大气层，我们看到的只是一个虚像，其实什么都没有，我们也并没有到另外一个空间！”

苏小落顿时明白了，这就好像是在沙漠上见到的海市蜃楼。

“你按照刚才滑行的方向，慢慢退回来，应当就可以看到我了！”沈墨昭的声音再次在小落的耳边响起，让她顿然安心了许多。

小落小心翼翼地按照原路返还，十几米之后就已经能够清晰地看到沈墨昭。

“原来这是真的，我们已经掌握了这里神奇的迹象，那么走出这里应当不是问题！”沈墨昭扬起眉梢，他在阳光的光晕下显得更加高大睿智了，小落从来没觉得他如此亲切。

小落长舒了一口气，总算是能够离开这个令她感到不安的地方了，她步步紧逼地跟在沈墨昭的船后，向入口的方向驶去。

他们已经做好了最坏的打算，就算回去面对可恶的黑衣人，也要比在这里面对看不到的海市蜃楼好得多。

2 深陷泥沼

Vol. 3

沈墨昭带着小落走出鬼谷，本想回到上层的位置，可走出这个地域又进入了另外的一个困境，他们似乎已经陷入在这个圈子中，没有办法回去，而这个区域比刚才的还要难以理解，到处都是荒芜的景象。

苏小落停住了竹筏，看到周围的世界，她终于忍不住抓狂地对沈墨昭大吼道："黑面神，够了！你究竟要把我带到哪儿去啊？这儿已经没有任何路可以走了！"

从刚才的区域中走出来之后，在空间上顿然开阔很多，但只能够觉得这和之前的有一些相同，而景象大相径庭。沈墨昭回忆着刚才的来时的路，突然觉得自己又上当了……

"糟了！"沈墨昭猛然拍了一下头，懊恼着自己怎么会如此大意，"看来我们又要重新来过一次，这个陷阱真的骗了我的眼！"

苏小落没明白他的意思，反正是把所有的责任都推卸到他的身上，"你说现在应当怎么办？难道真的要回去重新来过？你不是说已经掌握了所有的一切，可现在要怎么解释？"

在沈墨昭的词典里还没有"不"这个字，只要他认为可行的，他一定会坚持到底，和苏小落这种经常受到周遭人情绪影响的女生完全截然相反。何况刚才只是他一时大意，忘记了入口有两个，且又选错了方向，才导致走进了这个谜坛。

"如果你不想死在这里，就闭上你的嘴跟在我的身后，我一定会想办法把你带出去！"沈墨昭已经开始想法子，毕竟他也身处困境之中，“你帮我想想缪壬教授在上课的时候和我们讲过的知识，判断一下这里的准确位置!”

苏小落已经没有了主意，她的脑子开始混乱，这种状况虽然还没有打击到她奋起的小宇宙，却也足够令她大脑混沌。尤其是在危机重重的时候，让她去回想教授在课堂上的知识，这才是摧残她的脑细胞。

苏小落打算扫视周围的环境一下，然后和书本上的知识进行结合，这样的效果或者能更加明显一些。

在浓密的森林地区，树木是最常见的，而枯枝落叶在树木下不断堆积，好像给地面盖了一层很厚的被子。而他们所在的位置上，水域并不是很多，到处堆积满了枯枝残叶，令地上看着和刚才的区域有着相似之处，却也有很多大相径庭的地方。

苏小落顿时大彻大悟，对这两个地形产生了一个疑问:“这里……这里难道是沼泽地?”

沈墨昭猛然回过头，顿时也能领悟到了小落的意思，可他们已经没有了退路。

“这……”他咂舌，难道这就是命运的安排?这也让沈墨昭想到缪壬教授交代的事情。

“森林由于土壤中大部分的矿物养分被雨水浇灌，已经造成部分草木死亡，而代之以繁茂的苔藓植物。苔藓植物能保留大量水分，使植物残体的分解过程减慢，泥炭开始堆积，逐渐形成沼泽。”

而小落和沈墨昭现在正处于这种地形，险恶之极。

沈墨昭可是含着金钥匙出生的少爷，他从来觉得自己一直都是幸运的，更加不会相信他的生命中会有厄运，他要和命运抗争到底。而苏小落也并没有放弃，就算这里是险恶的沼泽地，她也坚信一定能从险恶之中走出去。

不过好在这里也是刚刚形成，沼泽并没有那么深，且露出浅浅的浊水，湿土，到处混杂着混浊的黄泥色。在沼泽地上依然能够见到郁郁葱葱的草木，也有泛着小麦色的芦苇秆，即便它已经有些枯黄，但依然摇曳在风中显得挺拔不挠。

这场景令苏小落想起了画家芥川龙之介，他的那幅《沼泽地》的画儿和现在的场景竟然有着很多共同点，让她不禁把芥川的昏暗世界和现实相结合起来，觉得这个恐怖的地方蕴含着一股可怕的神秘力量，这个力量在促使着他们向森林的深渊走去。

“黑面神，咱俩还是退回去吧，这里给我一种不安的感觉!”苏小落有些退缩，她害怕从空中再次飞下来一个黑衣人对他们造成袭击，“而且在这种环境之下，我们那儿有那么多的精力去应对那么多?”

“回去？按照现在的情况来看，我们根本都没有退路!”沈墨昭把阿喵放到竹筏上，准备一个人上前去探个究竟。

“你不要命了?”

苏小落就这样眼睁睁地看着沈墨昭向沼泽地的深处走去，她却无能为力，更加劝说不住。何况有公子病的沈墨昭从来都不会听别人的劝告，只要自己坚持的事实，一定会追寻个究竟。

“你放心，我对沼泽地的了解还算充分，一定会安全走过，等我的好消息吧!”

苏小落闭上了嘴，提心吊胆目不转睛地盯着他，唯恐有意外发生，被她握在手心里的竹竿已经沾满了她的汗液。

沈墨昭如履薄冰地走在泥泞的泥水之中，每走一步都非常小心，唯恐一不留神就会走到泥潭之中。可就算如此，沈墨昭依然还是深一脚浅一脚，险些摔倒。

苏小落的心跟随着他的脚步，一上一下，没有一刻安宁的时候。

沈墨昭调转了方向，从树木旁转向到有青色的泥炭藓沼泽，那浓绿的像铜锈的颜色令他有些作呕。苔藓的表面光滑得像铺在地上的地毯，异常丝滑，让他的脚步更加不稳。

“啊……”沈墨昭一声惊呼，他的脚竟然已经漫到了泥潭里，“啊……草根女，快救我！”

苏小落顿时也傻眼了，没想到沈墨昭真的会出事儿。

Vol. 4

“我就说不让你去吧，你就是不听，现在出事了，怎么办啊？”苏小落从来都没有遇到过这种情况，更加不知道应当如何营救他，心急如焚的她顿时大脑一片空白。

沈墨昭也急了，他也没想到会发生这种情况，早知道就应当听小落的劝告，而偏偏他就是要和别人走逆向的人，这次可吃了苦果，让自己受尽了折磨。

“你把嘴给我闭上，如果你不救我，那么我自己想办法！”沈墨昭的脚已经开始慢慢下沉，他不敢轻举妄动，只要稍微用力身体就会迅速下沉。

2 深陷泥沼

他屏住呼吸，身体紧绷着有些僵硬，这时苏小落突然想起缪壬教授在课堂上讲过的知识，站在竹筏子上喊道：“你尽量让自己的身体放松，越是紧张身体越是下沉！”

可在这种情况之下，就是让沈墨昭放松，他也放松不下来，一个不小心，他可就把小命扔在这个地方了，气急败坏的他还有心思和小落吵架地说道：“你放……屁！净说些没有用的臭氧层，要不然你站在这里试试？看看还能不能放松？”

苏小落也知道，这样和他说是徒劳的，怎么都要想一个办法让他脱离困境。她尽量让自己的神经放松下来，把所有的思维都集中在营救沈墨昭上。她绞尽了脑汁都没有找到一个好办法，甚至让她都开始动摇自己的信心，她什么时候变得如此懦弱了？

“镇定，镇定!”小落不断地告诫自己，如果她也乱了阵脚，那沈墨昭更没有人来救援。

阿喵在小落的脚下转了一个圈，叼着小落手中的那根竹竿晃来晃去，喵呜喵呜的声音扰得小落更加心烦。

“阿喵，你安静些！让我先救了那个黑面神再说!”小落把阿喵放在一旁，唯独忘了手中的竹竿。

阿喵不断地骚扰这小落，直到小落彻底被它折磨得受不了，大吼着：“阿喵，你究竟要做什么？我都说了……”

“落落……竹竿……”阿喵突然觉得自己受到了委屈，它也是想救沈墨昭，毕竟刚才它的命也是风神救回来的。

这时小落才顿悟，她拿着竹竿的一头，把另一端递给沈墨昭。沈墨昭好不容易才拿到了竹竿的一端，小落用尽浑身解数用力拉扯着竹竿，好不容易才拽动了沈墨昭，却不料沈墨昭因为身体重

力的原因，竟然一下倒了下去，整个人华丽丽地倒在了泥潭之中。

沈墨昭高大英伟的形象，在小落的心中顿时之间变成了一摊烂泥，他那洁白贵族装，也和这摊泥水一样变成了混浊之色，最重要的是他的头发，完全已经没进了泥水，无法分辨哪个是泥，哪个是头发。

“啊……苏小落，快、快点！”沈墨昭拼命地想要挣扎，可他的身体越是在泥潭之中挣扎，下沉的速度越是迅速。

小落也慌了手脚，她递过去的竹竿已经被沈墨昭丢掉，现在她手上也缺失了营救他的唯一的工具。

“你别着急，容我想想啊！”苏小落有些乱了阵脚，她试图把竹竿重新拾起，可失去了竹竿，竹筏根本没有办法移动，她再着急也无济于事。

她已然没有了任何办法，只能让沈墨昭尽量地放松身体，打开身体在沼泽地上的受力面积，让他不至于下沉得那么快。可沈墨昭根本就不是一个听话的男生，他总是想方设法地移动，却不料每次都以失败告终。

苏小落眼看着他的身体就要沉没在了沼泽之中，她向上空仰望过去，感到有史以来的最大压力。

她抬头仰望的时候顿时萌生出了一个想法，为何不用树枝来代替竹竿呢？虽然没有竹竿长，但也足够能支撑到把沈墨昭救上来。小落还没等动手，突然听见有人叫她的绰号。

“猫娘，你不是去做暑期作业吗？在森林做什么？”

声音是从小落的上方传过来的，她抬着头在空中寻找这个听上去极其耳熟的声音，终于让她在浓密的树叶之中找到了那个让她激动的闺蜜。

“当当啊，快点救命啊！”小落放开喉咙对树上的女生吼着，她才不要让沈墨昭死在这种莫名其妙的地方。

当当从树上探出头，很奇怪地露出小脑瓜，一副不解地表情问她：“救命？你这不是好端端在这儿吗？不过你还是尽快离开这个地方好了，沼泽地随时都有可能会丧命的，你怎么还来这么危险的地方？”

“快，不要说那么多！我知道你的身上一定有绳索，看到沼泽中央的男生了吗？帮我把他救起来！”

这时当当才注意到在池藻中央躺着一个身穿白色衣服的少年，她从树上缓缓地蹦了下来，在离地面最近的地方停下，把滑轮固定在较为粗的树干上，然后把绳索顺着滑轮绕好，对准沈墨昭的位置扔了下去。

“接住了，我把你从沼泽地里拉上来！”

对于沈墨昭来说，这根单薄的绳索就是他的救命稻草，他用尽全力好不容易把绳子拿到了手，用双手紧紧地抓住不敢放手。当当确定他已经把绳索绑紧，她在另一端吃力地拉动着绳索，要把一个拥有着一米八身高的少年救起，确实不是一件容易的事情。

小落她双手合十在胸前，看得惊心动魄，她从来都没有如此焦虑。她始终和这个男生作对，此时如此希望他能够顺利走出危险。她眼睁睁地看着他脱离险境，才舒了一口气，提着的心总算落地。

当当和沈墨昭穿过浓密的树枝树杈，平安地着陆。

沈墨昭这次可算是有惊无险，得到了一次教训，他下次再也不敢如此鲁莽。可高傲的他，感谢的话依然没有对当当说过，只是很感激地看了她几眼。

反而是对苏小落的表现感到失望，一路走一路还在埋怨着她，但无论说了多难听的话，小落都没有反击过一句。

当当实在是看不下去了，狠狠地戳了沈墨昭的要害，瞪大了她的金鱼眼说道："你要是再敢诋毁猫娘，小心我把你扔回沼泽地!"

这沈墨昭才作罢，虽然嘴上不和小落争辩，可心里依然有个未解开的疙瘩。

Vol. 5

当当是苏小落的闺蜜，她们从小一起长大，小落有什么心事都会和像假小子一样的女生分享，虽然总是遭到她这个白羊座的批判，但也总是和她乐此不疲地黏在一起。

自从小落进入维尔利斯学院，她们之间就疏远了很多，但并不代表她们之间的感情有任何杂质。今天如果不是当当的宠物偷偷背着她溜进了森林，她也不会千辛万苦地进来寻找，却意外地见到了小落悲惨的样子。不过好在当当来的时候已经做足了功课，把所有的设备都带齐全，不至于让自己遇到危险的时候遇难，却意外地救了这个美少年。

当当和小落在竹筏上，剩下沈墨昭一个人留在大船上。

小落和沈墨昭在森林里已经转了整整一天，发生了这么多的事儿，两个人都受到了不小的打击。受到打击之后的他竟然失去了之前的斗志，开始想要退缩。苏小落和当当的木筏已经走出很远，沈墨昭的船依然停留在原地。他蹲在甲板上，表情凝重，盯着身边的风神看得那么认真，似乎整个人陷入了逆境。

天色渐渐暗了下来，空气中的露水也越来越浓，如果再没有一个栖身之地，恐怕他这样会生病。

当当偶然回头的时候才注意到他的异状，她推了推小落，“他没事吧？不会是脑子进了水，连话都不会说了？”

当当不了解这个男生，但是苏小落却十分了解。

沈墨昭的脸上从来都不会有第二种表情，除了冷漠就是淡然，总是装作一副高高在上的样子，就连说话的强调里都带有寒冰的味道，他就是冷酷的代言人，不愧是学院里的第一号冰男。

“你不了解他，他就是那副德行！等他彻底从这次的失败中走出来，活力就恢复回来了，不过也会令你大失所望，因为他天生就是一副苦逼相，从来不会做除了这个之外的另一种表情，更加不要奢望他的脸上能有任何笑容！”

当当一咧嘴，缩了一下脖子，紧张地险些从竹排上掉下去。虽然沈墨昭给她的感觉很冷，但总不至于像小落说得有那么恐怖，尤其是看到小落说起沈墨昭时候的表情，她就觉得有些奇怪。从来都不会诋毁别人的小落，怎么总是不断地针对他？莫非他身上有一种别人没有的特质，令小落纠结？她再次偷偷回过头去看了一眼沈墨昭，他依然蹲在甲板上没有动。

当当有些担心，刚刚他才淋过雨，又掉进了湿乎乎的沼泽地，现在他应当很冷，如果这样下去一定会生病的。

“小落，我们还是找个地方烤烤火吧，他这样不行的！”当当揪着阿喵身上脏兮兮的毛，不断地回头瞄着沈墨昭。

小落心角也有一处痛痛的，毕竟沈墨昭已经帮了她两次，她也不能太不近人情。虽说这次是她间接帮了他，可他的心里一定有抵触的情绪。

根据当当领路的位置，小落随便找了一个安全的地方上岸，她把当当和阿喵安顿好，去周围找了一些树枝树叶生起了火堆来烤火。

在盛夏的时节点燃篝火是很奇怪的行为，可为了避免沈墨昭生病，小落把所有的埋怨都吞回肚子里，看着沈墨昭蹲在火堆旁一言不发的样子，她心里也不好受。

“沈墨昭，你个黑面人，就算是掉进了沼泽地你也不用如此冷漠地对我吧？何况不听劝告的是你，为什么把所有的埋怨都推在我一个人的身上？何况……何况还是当当救了你，你连一句谢谢都不说，还说什么上层人物都是有教养的，我看你真是没有……”

“闭嘴！”沈墨昭突然闷吼了一句，“草根女就是令人厌恶，如果不是你的自作主张，我们能陷入这种困境？究竟是谁在推卸责任？难道你就不用付任何责任吗？”

沈墨昭也火了，他憋了一下午的气终于可以爆发出来。只要他和苏小落在一起，就会不断地横生枝节，他后悔万分，为什么偏偏要选择和一个这样的女生做搭档。

“你……明明是你的过错，现在却推卸在我的身上，难道你以为我想吗？我只不过想快些完成缪壬教授的假期作业，然后顺利返程，谁知道能遇到危险，而且我已经劝过你，明明是你不听劝！”小落也不罢休，她揪着沈墨昭身上脏兮兮的衣服，不断地数落着他犯下的错误。

而这种行为是令沈墨昭最厌恶至极的，在家里他说什么是什么，从来都不会有人违抗他的旨意，可现在多出来这么一个傻丫头，不断地指责他，让他的脸面完全挂不住。

“你……不可理喻！”沈墨昭再不想理这种女生，抬起屁股就要离开。

他们现在身处森林之中，到处都是参天大树，天色又晚，根本没有办法辨认方向，而且水路又难走，他的身上又被臭烘烘的衣服黏着着，他就算想要离开恐怕也要等到明天早上。

当当靠近沈墨昭闻了闻他身上的气味，噤起鼻子说：“不管你怎么样，先把衣服脱下来，你这么臭就算是苍蝇都不想理你吧？”

沈墨昭当然知道自己的身上已经很难闻，可这里已经没有其他的衣服可换，他脱了身上的，还能穿什么？他盯着小落身上那件属于他的衣服，对她吼道：“把我的衣服脱了，不然要你好看！”

当当不解地盯着苏小落，嘴角抽搐着，眼神中充满了对小落的质问。

小落一脸尴尬，大吼着：“脱就脱，谁怕谁啊？”

当当跌破了眼镜，小落什么时候变成大妈级人物了？脱衣服都变得如此随便，可想而知，这个沈墨昭真的是拥有了超强大的能量令顽固不化的小落屈服。

3 有毒的花

你背对着我流泪，我只能看到你坚强的背影，却感知不到你深邃的心灵。

我强忍着微笑，面对灿烂的阳光下的你，我如同凋零的花朵。

坚强。

Vol.1

初晨的阳光如同醇香的美酒，令人陶醉。在温暖的阳光照耀下，树叶的颜色越发得深沉，透过浓密的叶林酝酿出柔和煦暖的光芒。柔絮的光穿梭于微细的气息中，空气中弥漫着诱人的芳草气息，似乎所有的一切都是静止不变的，连风的声音都没有。

苏小落翻了一个身，一不小心就从树杈上翻了下去，险些压在阿喵的身上。她揉了揉有些睡肿的眼，神情还有些恍惚，只见远处背对着她有一个人的身影在晃动。

阳光从细密的枝叶间投射下来，铺洒在地上，铜钱大小的粼粼光斑竟然如此好看，尤其是在金色阳光之下的背影，竟然变得柔和起来。小落定睛仔细看了过去，站在她对面的人竟然会是沈墨昭！

他似乎已经从昨天阴霾的情绪中走了出来，还蹲在篝火旁烤着美味的鱼，而当当却不见了踪影。小落拍了拍身上的树叶，走过去问道："黑面神，我们家当当哪儿去了？"

沈墨昭头都没有抬，只是从鼻息中哼了一声："走了。"

"走了？这小妮子怎么也不告诉我一声？她真把我当空气了？等我……"小落一个人在这里说得欢唱，阿喵从她的腿边爬过，偷偷地溜到了沈墨昭的旁边，不断地蹭着他的裤管。

"喵呜，香香……"阿喵的口水都要流出来了，看着这么诱人的美味，这只馋猫怎么能够放过？

"阿喵！"苏小落狠狠地吼了一嗓子，可它当作完全没有听见，继续在沈墨昭身边卖萌，"阿喵，难道你不想吃我做的鱼了？"

阿喵哪儿还顾得上小落的美味，现在填饱肚子才是真的。

烤鱼的香味儿弥漫着整个森林，把天地间森林的一切空隙盈满，在风中充盈着那香浓醇美的味道。小落沉浸在美味之中，不知不觉她的肚子也咕噜噜地叫了，原来真的是饿了。

从昨天中午开始，小落就是饿着肚子进行奋战，直到今天早上都没有进食，她这次可算是真的减肥了。

可饥饿的感觉却令她的大脑开始迟钝，盯着沈墨昭手中的烤

鱼想流口水，阿喵偷偷地看了她一眼，完全读懂了她的小心思。

“落落，吃鱼……”阿喵兴奋地摇晃着尾巴，满脸幸福的笑容让小落嫉妒。

“不，我自己去找吃的！”小落面部表情开始抽筋，昨天沈墨昭已经说出那么难听的话，她还怎么有脸面和沈墨昭争宠？虽然那只是几条不知名的小鱼。

阿喵不理解小落为什么生气，可当它再次抬头的时候，她已经渐渐走远。

沈墨昭低头看着阿喵幸福的吃相，心里竟然也有些不忍，他对阿喵说道：“臭丫头，竟然还不和我认错！”

阿喵停下口中的食物抬头瞅他一眼，眯缝着眼睛笑着低头，继续它的美食。

沈墨昭开始有种愧疚感，这究竟是不是他的错？他真的做得过分了吗？沈墨昭眼看着苏小落一步一步地向着森林深处走去，他的心开始提了起来。

“风神，跟上去，怕有危险！”沈墨昭给风神一个指示，风神疾驰而去，停留在小落的上空盘旋着。

阳光暖暖地铺下来，道路两旁高耸的树木参天，林中的小动物偶尔探出头来巡弋，探寻着究竟是谁发出巨大的响动。小落不断用手中的树枝挑弄着道路两旁的草丛，从草丛中蹦出来的蚱蜢多得数不清，还有些在岸边的芦苇丛中发出微弱而嘈杂的鸣声。

小落的心情越来越低落，找不到任何食物，还要在这里受沈墨昭的折磨，她真奇怪自己究竟是怎么得罪了他？

她的脚一歪，突然绊到了什么东西，低头一看竟然是个盒子，她把盒子打开，竟然发现一颗颗晶莹的硬装物体。透过阳光，小落看到它们透彻的光芒，并且每一个面都可以折射出绚丽的颜色。

“这……这是什么？”在苏小落贫民的世界中从未见过如此美丽的东西，但却觉得似曾相识，“这好像是夏白梦裙摆上的镶嵌品，可为什么会在这种地方？”

小落把这个东西和夏白梦联系起来之后，更加觉得奇怪，难道说她来过这个地方？还是他们已经进入到了夏白梦他们的区域之中？可森林这么大，并不是那么容易能够遇上的，何况她还是小落的死对头！

小落在这附近继续挥舞着树枝，希望能够找到多一些的线索，可除了这盒东西，别无其他。

风神在上空盘旋了很久，看小落在原地踏步，不知在寻找着什么，它也从上空降落下来，落在了旁边的树上，发出“咕噜噜”的声音。

小落听到这种声音肚子更加饿了，可手上的东西却令她感到不安。

“算了！还是回去问问黑面神大少爷，这种东西他要比我懂！”可当小落向回走了两步之后，竟然在草丛中惊奇地又发现了兔子！

逮到兔子的小落兴奋不已，虽然肚子还在叫嚣着，但心情格外爽朗，“哈哈，这回我可以满载而归了，总不至于让黑面神说我无能！”

苏小落左手拿着沉重的木盒，右手拿着鲜活的兔子，准备回去和沈墨昭摊牌。可还没等脚步靠近沈墨昭，她就吓了一跳。

阿喵被沈墨昭倒吊着挂在了树上，任凭它在空中左右摇摆，不能靠近树枝，也不能靠近树干，全身的毛都炸了起来，它惊恐的样子就好像被雷劈了般，并且伴随着惨烈的叫声。

当阿喵和小落目光对视的那一霎，苏小落再也没有办法容忍沈墨昭这个卑鄙的小人了！

“沈墨昭，你给我住手！”苏小落迅速地冲了上去，把阿喵从树上解救下来，阿喵当时昏厥过去，而沈墨昭依然淡定地坐在原处，一动不动。

Vol. 2

“你是不是有虐待倾向？还是有虐宠倾向？如果想发疯的话对你自己的宠物，不要拿我的宠物做试验品！”小落心疼地把阿喵抱在怀中，看着它惊魂未定的样子，心都要碎了。

而沈墨昭根本没把苏小落的话放在心上，只是盯着火堆里的烤鱼，依然安坐在原地。

小落这次可真的生气了，她把阿喵放在一旁，奋力地冲了上去，抓住沈墨昭的领子吼道：“你是个木头还是块铁？别人和你说话的时候都没有反应的吗？还是说你的世界里只有你自己，从来都不会考虑别人的感受吗？”

沈墨昭对小落的咆哮似乎也是全然不在乎，虽然他也看着小落的脸，可心里却想着另外的事儿。

小落的身材和沈墨昭根本不是一个级别，他们站在一起也等同于两个世界的人，任凭她怎样咆哮，沈墨昭都不会做出任何反应，无奈之下的她只能作罢。

3 有毒的花

她松开沈墨昭的脖领子，重新抱起阿喵，走到角落里一个人默默自语。

“和一个毫无感情的人在一起，这次的探险真的毫无生趣，何况还是一个招人讨厌的厌恶鬼！”苏小落懊恼地把头埋进胸口，紧紧地和阿喵柔柔的毛发贴合在一起，感受着它身上传来的暖意。

阿喵从刚刚惊吓中醒了过来，委屈地在小落的怀中蜷缩着摩擦，想从小落这里得些安慰。小落感受到它的挣扎，松开它，轻轻地抚摸。阿喵幸福地扬起了微笑，享受着小落带给它的安慰，它也总算能够舒服地喘一口气了。

“呼呼……差点卡死我哦……”阿喵从嘴里发出了声音，却令小落听得不明不白。

“阿喵，你说的是什么意思？”

“刚刚一起吃鱼，卡到了，幸好他帮我，不然……”

阿喵后面的话小落都没有听清楚，但脑子里顿时混沌了，她……她竟然错怪了沈墨昭！可这个黑面神刚刚为什么不解释，如果解释了她也不会错怪他，害得小落心情如此低落……

“阿喵，唔……那个……”小落其实想远远地对沈墨昭说一句对不起，可话到了嘴边却完全说不出口来，她纠结地抓着阿喵的尾巴摇来摇去，“阿喵，我给你带回来好东西了！”

小落想起自己还拿回来了战利品，可当她回头的时候，空空的竹筏上只剩下了一个木盒子，那只兔子早已经不见踪影。

飘香的烤鱼味道依然在空气中弥漫，小落的肚子越来越饿，再也经不住考验的她打算妥协。她把竹筏上的木盒子拿到沈墨昭的旁边，打开之后自言自语地说道：“哎呀，这么漂亮的东西也不知道是谁遗失的，这要是能镶嵌在我的裙子上该多漂亮啊！”

沈墨昭瞟了一眼，他早已经认出这东西，可小落对他刚才做出的行径令他没有办法回应，他的心情也不好，凭什么要照顾小落的心情。

可小落的眼神全都盯在沈墨昭的烤鱼上，她的肚子几乎要贴在后背上，根本都没有力气去再找其他食物。

沈墨昭把最后一条鱼烤好，放在架子上，拿起盒子里的水晶和钻石仔细研究起来。他对这个东西还是有印象的，似乎真的是在夏白梦的身上见过，可他也不明白，为什么这个东西会出现在这里。

苏小落在沈墨昭认真研究的时候，用迅雷不及掩耳之势快速地把烤鱼消灭，她才不管一会儿他会不会大发雷霆，就算是他生气也好，发脾气也好，她也总要有力气和他对抗，不然连力气都没有，接下来的日子要怎么过？

可当苏小落把烤鱼都已经吃完了，沈墨昭还在钻研手中的东西，他已经被这个东西迷住，无法自拔。

苏小落刚和他发生过争执，并且有错的还是她，她不想再招惹他，悄悄地溜到一边等沈墨昭的答案，可她的屁股刚从地上抬起来，沈墨昭就喊住了她。

“站住，你从哪儿弄回来的？”沈墨昭的眼中泛着异样的光芒，对手中的钻石要比对她感兴趣得多。

小落指了指刚才回来的路，“喏，就是刚才我去找兔子的地方！”

“走，带我去看看！夏白梦可能来过！”沈墨昭拍打了一下身上的泥土站了起来，这一早上他已经够委屈地被小落收拾了两次，他再不反击恐怕就被小落骑在了头上。

可手中沉甸甸的钻石更加令他感到不安，这究竟意味这什么？夏白梦在这里又充当着什么样子的角色？昊轩和她又有什么关系？

这所有的疑问全都累计在沈墨昭的脑海中，他不相信任何人，只相信自己寻找的真相。

可是沈墨昭忘了一件事，其实有的时候看到的真相未必就是事实，他的双眼还会欺骗，只是他还没有察觉。

小落在沈墨昭的前面领路，如果不是心存对他的愧疚，她也不会这么好心领他去。可到了刚才的位置之后，竟然什么都找不到，连她刚才翻找东西的那个树枝都消失不见。小落十分奇怪，这究竟是发生了什么？她开始心慌，难道说他们依然没有摆脱黑衣人的跟踪？

沈墨昭也发现了一些不妥，湿乎乎的地上除了他们俩的脚印之外，竟然还有第三个人的踪迹。他从鞋号上来判断，介于小落和他之间，但从常理上来判断，应当是个男人。

“你刚才来的时候有没有发现任何异常？有没有发现有人跟踪你？”沈墨昭还是觉得事出蹊跷。

小落也是这么想的，可她的确没有发现任何异常，连一个鬼影子都没有发现，更加不要说是人了。

“算了，和你说也不明白！不过我们真的要小心了，恐怕跟踪我们的黑衣人来者不善，他们并不是要我们的命，可能是觉得我们身上有他们要的东西！”沈墨昭掂量着手中的木盒子，很严肃地说，“恐怕它就是那个罪魁祸首！”

小落盯着放在沈墨昭手中的木匣子，也皱紧眉头了，这难道是真的？她还有些不相信，可无论怎样他们都要赶路，不能在这里多停留一分钟。

Vol. 3

沈墨昭和苏小落不敢再多停留，回到原地拿起东西继续上路。

早上柔絮的阳光随着太阳的上升也变得浓烈起来，照在脸上灼着皮肤滚烫。

沈墨昭这个温室成长起来的男生有些受不了这么强烈的光，便躲进船舱，设定了船让它自动航行，而小落只能划着竹筏在后面跟着。

随着航线的前行，周围的环境也开始产生了极大的变化。刚刚郁郁葱葱的树木逐渐开始变少，徒增了一些矮小的树木，随之而来的水域两旁多了一些草坪和花儿，鲜艳的颜色让人迷乱了眼睛。

小落盯着两岸的风景左顾右盼，生怕会遗漏了其中的一处美景，而沈墨昭则是害怕晒伤了皮肤躲在船舱里不出来。不过最兴奋的却是阿喵，它竟然不顾小落的阻止，跳到了草坪上去欢耍，兴奋得几乎忘记了小落的存在。

小落一边撑着竹筏，一边看着阿喵在玩耍，也不忘记要寻找缪壬老师带给他们的任务。

阿喵瞬间跳起的时候，小落看到了一样很神奇的物品，她喊住了沈墨昭，自己先跳上了岸。

3 有毒的花

水路两侧的岸边已经全然是花草，浓密的树林渐渐远去，空旷的草地上一眼就能望到边，所以在草坪上能够见到一个突兀的东西觉得很奇怪。

小落走上去捡起来，竟然是一把晶莹剔透的水晶钥匙，可在这种地方怎么能有如此贵重的物品？教授就算要让他们找的东西，也不会是名贵之物，何况这种东西教授也丢不起嘛！沈墨昭也跳上草地，看着小落把钥匙捡起来，他才凑过来。

水晶是一种奇特的物质，能够利用水晶做成的水晶钥匙极为罕见，一般都会把水晶做成装饰品或者佩戴的饰品。

这把水晶钥匙在阳光的折射下放着异彩的光芒，从外表上既可以判断出来这是一块上等的彩虹水晶，为此才能够发出如此炫彩的光。

他不用摸钥匙的质地就可以分辨得出来，这和小落之前找的水晶是同一宗出品，这就令他更加奇怪。如果说有人在跟踪他们，那么不应当在他们的身后，怎么会跑到他们的前方？最重要的就是，如果根本就不是黑衣人在跟踪，那么这些是谁留下来的？

苏小落和沈墨昭相互对视了一下，全身起了鸡皮疙瘩，两个人都开始恐慌。

阿喵依然没心没肺地在草坪上玩耍，追着彩蝶跑来跑去，快乐得完全忘记了小落。而小落的心情却没有刚才那么美丽，顿时跌入了谷底。她把钥匙交给沈墨昭，希望他能给她一个明确的答案。

沈墨昭把水晶钥匙拿在手中掂量了几下，什么都没有说，放进了衣服兜，他什么都不能说，转过身就要离开。小落挤到了他的前面挡住了他的去路，非常认真地问："为什么你得到了这两样东西之后都不说话了？难道你对我有所隐瞒？这究竟是什么？"

沈墨昭摸了摸口袋的钥匙，心有些痛，可真的什么都不能说。

苏小落伸手要去拿他口袋的钥匙，却被沈墨昭一手拦住，深邃的眸子盯着她，一副认真的表情，语气越发沉重地对她说道："你还是不知道的好，我是为了你好！"

他这种语气好像是在保护她，可小落偏偏不甘心，她就算是死也要死得明白！

"不，你一定要说清楚，我才不要和秘密生活在一起，真相！我要真相！"她不知道真相有的时候真的很伤人，沈墨昭就是不想用所谓的真相来欺骗她，其实这个真相也欺骗了所有人，只是他们都生活在迷局之中，还没有搞清楚方向。

他松开小落的手，重新整理一下衣服，阳光美好地从他背后投射过来，形成一道美好的光晕。

"其实这两样东西都是属于夏白梦的，我却不明白为什么会在这里！"沈墨昭只能如实回答，他不想被小落纠缠。

苏小落跺着脚，她就是知道，从来就是知道，只要有她的地方就不会有好事儿，现在夏白梦竟然又跳出来和她作对，可她究竟什么地方得罪了这个女生？难道是她在跟踪她？可按照他们现在的情况来看，也并不完全正确。

小落盯着沈墨昭，他幽深的眸子，深藏不露的外表下隐藏着强大的心，他一定知道一些内幕，而这个内幕又是什么？小落百思不得其解，可看沈墨昭的样子，他也一定不会给她解答这个问题。

3 有毒的花

苏小落在心底猛点了几下头，对自己说道："就算这个黑面神什么都不说，我也一定找到事实的真相，就不信凭借一个人的力量什么都做不到？"

而沈墨昭已经看穿了她的小心思，在她的身边小声地说了一句："你不要妄图摆脱我，更加不要试图去揭露这件事的本质，我已经把我知道的真相全都告诉给你了！"

小落回过头露出灿烂的笑容，她似乎从来没有如此热情过，可对于这种深藏不露的人，她也是毫无办法。

"我什么都没有说啊！或者这个是缪壬教授留给我们的，我们还是继续前进比较好！"苏小落抱起正在一旁快乐的阿喵，重新跳回竹筏上，她再也不想面对沈墨昭，这种一眼就可以把她看穿的人，真的好恐怖。

沈墨昭蔑视地盯着她，所有的心事都已经暴露出来，她竟然还会伪装，这个草根女也不是如此好对付的。

可现在令他头疼的并不是苏小落，而是远在咫尺的夏白梦。

她现在究竟在哪儿？又怎么会见物不见人？她的心里又隐藏着什么？昊轩究竟有没有和她在一起？这一切的疑问再次涌上了他的脑海。

夏白梦对于沈墨昭来说曾经是个美好的梦，而现在来说却是一个极为不祥的噩梦，这一切都要从他们的家族史开始说起。

而夏白梦和沈墨昭是一对青梅竹马、指腹为婚的金童玉女，也是在维尔利斯学院众望所归的一对璧人。

可这一切在沈墨昭的心里已经成为了过去，夏白梦的初衷已经开始了转变，从本质上发生了极大的变化。

如不是如此，他也不能如此担忧。

沈墨昭是不太喜欢苏小落，但和夏白梦相比，小落就是落入凡尘的天使，清澈得只是一张白纸，而夏白梦的心中却已经拥有了强大的反噬。

Vol. 4

沈墨昭隐瞒了夏白梦的这些事儿，才发觉其实小落是一个很可爱的女生，心地善良、对别人毫无恶意，虽然有的时候说话横冲直撞，但并不影响她所有的优点。

为了弥补过失，他想找一个方式让小落放下心中的芥蒂，并且不再追寻夏白梦背后的真相。所以他并没有上岸，而是携带着那把水晶钥匙在草坪上来回观望。

草坪上的风光确实很美，不禁让小落和阿喵看花了眼，就算是他一个大男生都被迷住了。草坪那绿油油的颜色令人心旷神怡，偶尔能够看到几朵不知名的小花儿错落其中，别具一格的情调立即上升起来。

这让沈墨昭想到，如果送给小落几朵花儿来看看，她的心情是否能够会好一些？让她也不会去想那么复杂的事儿？

沈墨昭这边想着，那边已经动起了手，手上采摘了几朵花儿之后突然觉得有些小气。

这么普通的花儿送给她，她会不会嫌弃不够美？如果是夏白梦的话，她一定会要世界上最贵，最好的花，同样都是女生的小落，她心里究竟是怎么想的？

3 有毒的花

沈墨昭抬头间，小落的竹筏子已经划出去很远，他就算是想问也找不到他人的踪迹了。

他扔掉了手中的小花儿，想找到一种特殊的花儿来代替，哪怕一支也好，也不会让小落笑他没有品位。

可偌大的地方，他竟然找不到一种花是特殊的，难道说他注定要让小落误会下去。

沈墨昭再望过去的时候，小落的竹筏已经走远，但依然还能够见到她的背影。从她坚毅的背影来看，小落的确有几分可爱之处，只不过他没有勇气低声下气地来道歉。

沈墨昭叹了一口气，准备放弃的时候竟然在大树的后面发现玄机。

粗壮的大树背面露出鲜红的颜色，花瓣大到可以容下一个人的头，连它的枝叶都宽大无比，并且散发着一种恰似兰花的味道。无论是从其形态还是从其味道都可以算得上是上品，或者只有这种独特的花儿才能配得上小落那种古怪的个性。

沈墨昭缓缓地靠近了过去，逐渐看清楚了它的样子。它的花朵像一轮太阳，深绿色的枝叶在风中摇曳，恰似一个待出阁的女孩儿，优雅美好。

他欣喜若狂地伸手，想要把它摘下来，可这种奇怪的花儿在他动手的一瞬间，竟然也动了起来！它用力地包裹住了沈墨昭的胳膊，把他的身体紧紧裹住，似乎要把他整个人的身体全部吞噬。空气中刚刚弥漫的兰花香味儿顿时消失不见，代替的是一种恶臭的味道，令沈墨昭反胃恶心。

沈墨昭越是挣扎，那朵花儿把他包裹得越紧，令他的全身都没有办法动，他终于忍不住大喊了起来。

“苏小落，救命啊……”

沈墨昭惊恐的声音划破了宁静的天空，传到了小落的耳畔，等她回头看的时候竟然真的找不到他的身影。

“沈墨昭？人呢？”苏小落迅速地划着竹筏往回走，到了刚刚的草地依然没有见到沈墨昭的人影，她正准备放弃的时候，再次听到了他的呼救声。

她顺着呼救声找去，才看到沈墨昭的身体已经被那朵巨大的花儿吞噬了一半，整个人只剩下一个发出凄惨叫声的头露在外面。

“该死的，你又搞什么鬼啊？为什么每次都要出现状况？”苏小落很是不情愿地捏着鼻子走了过去，“难道你不知道食人花是会吃人的吗？如果我不在你身边，恐怕你的骨头都要把它给融了去！”

沈墨昭的脸已经开始扭曲，整个人的身体都被淹没在这个花儿里，他哪儿还有心思和苏小落吵嘴，嘴里只能发出呜呜的声音，让小落救命。

苏小落认得这种植物，她经常和当当在森林里游玩，当当认识的比她多，这都是从当当身上学过来的知识。

小落从腰间拿出从入口处找到的手套戴在手上，又从腰间拿出一把锋利的小刀，她这是要给这株食人花开膛破肚，可它的味道实在令人难以接受，比臭鼬的屁味儿还要难闻。她强忍着这种难闻的味道硬着头皮走上去，一刀刺在了食人花的茎叶上面。

食人花受到外界的刺激，从枝叶的伤口处流出了红色的液体，就好像人类的血液一般黏稠着向外涌了出来。植物的枝叶颜色多数都是绿色的，沈墨昭第一次见到红色的植物，看来这和它吃人还是有关系的，连叶绿素都转变了基因。

“快，快点！我要窒息了！”

随着小落不断地刺在它的身上，花瓣吞食了人体的部分迅速涌动，似乎要把沈墨昭这个人都吞进去，它的动作越来越频繁，沈墨昭心里越是害怕。

“苏小落，你快点！”

小落已经很努力了，只怪自己的刀太小，不然就可以像砍树一样地砍过去。当食人花根部的颈被割断一半的时候，它已经失去了蠕动的能力，把沉重的花头歪了下来，而沈墨昭也重重地摔在了地上。

小落急忙跑上去把花瓣用力地掰开，沈墨昭才能顺利地从花瓣中爬出来。

“你下次可不可以不这么惊险，每次都发生如此恐怖的事情，你真的要把我吓瘫痪才高兴?”苏小落大口大口地喘着粗气，坐在地上已经毫无力气，她指着地上的食人花对沈墨昭说，“你难道一点常识都没有？食人花没有听过吗?”

沈墨昭低下了头，他听说过这种花儿，可从来都没有见到过，但最令他难以置信的是他今天险些就在这朵看似漂亮的花上送了命！不过这次他真的意识到团队精神的重要，总是把小落排除在外，恐怕在接下来的路上还要遇上更多的麻烦。他想了很久，打算还是把所有的事儿全盘托出，不至于让小落提心吊胆地继续前进。

小落泄气地坐在草坪上，手上沾满了食人花的汁液，恶心得要命，她拼命地把手套摘了下来狠狠地扔在了一旁，嘴上还嘟囔着："第一件战利品就这样消耗了，真不知道怎么去面对缪壬教授。"

沈墨昭深知这都是自己的过错，不然他们应当已经在下一站落脚。

"你别懊恼了，我只是想摘一朵花送给你，让你消消气，可没想到弄巧成拙！虽然我知道有这种花的存在，但我又不认识它，别生气了……"沈墨昭第一次低声下气地对别人说话，并且还是他起初最讨厌的苏小落。

小落抿了一下嘴，看在他诚恳的分儿上也就算了。

"我们快走吧，别忘了还有人在跟踪我们呢！"小落拍拍屁股上的土继续上路，沈墨昭跟随在她的身后说道，"我和你说点故事，有关于刚才我们捡到的宝石。"

小落愣了一下，她倒是很愿意听。

Vol. 5

夏白梦和沈墨昭同样都出身于富贾之家，骨子里透露着不逊色于沈墨昭的那种傲气凛然，从小娇生惯养的她就养成了高高在上的大小姐风范，外表看似淑女风范其实内心无比邪恶，妒忌心极强，对周围所有的人都充满了戒备之心。

在学校中，夏白梦可是最受关注的公主之一，有着这样得天独厚的优越条件，加上她和沈墨昭是指腹为婚的先天条件，她已经被人捧在了天上。所以她始终都觉得，她就是完美的代言人，所有的人都应当围绕在她的身边。

但从苏小落进入维尔利斯学院的那天开始，夏白梦便感到了自己开始危机重重，每次在学校发生争执都会有这个草根女的出现，苏小落从来没有打算要打击夏白梦，虽然有的时候会口不择言地说出一些不合时宜的话来，可这并不代表夏白梦不会多想，似乎每件事都有意无意地开始针对她。

夏白梦起初并没有针对苏小落的想法，直到她听说了一些关于沈墨昭和苏小落的流言蜚语，终于没有办法再淡定自若，才开始处处针对苏小落的行动。

从夏白梦在学校恶意中伤苏小落开始，沈墨昭总是在私底下默默地帮助她，他并不是傻子，看得出来夏白梦在他面前耍的手段。

夏白梦每次都不能得逞，反而看到沈墨昭对苏小落越来越多的容忍，她的嫉妒心也越来越重。为了能够让沈墨昭远离苏小落这种危险女生，这次的假期探险活动也是她背地里和缪壬教授发起，并且决定要资助缪壬教授的活动，唯一的要求就是让缪壬教授把她和沈墨昭编排在一队中。

只可惜这一切都被沈墨昭识破，还没有等夏白梦对他开口，他就已经找到苏小落作为挡箭牌。他早已经厌倦了夏白梦骄傲做作假惺惺的样子，这种女生真的没有苏小落性格直爽来得单纯，最起码小落的心地是善良的，从来不会在别人的身上挖空心思作对。

虽然这样对苏小落有些不公平，但沈墨昭真的很庆幸，如果这次是和夏白梦一起出行，恐怕他们两个都会遇难，而不会像现

在这样平安无事。因为这样，沈墨昭心里一直都在怀疑，跟踪他们的人一定就是夏白梦派来的。

放在沈墨昭身上的水晶刀和那些晶莹剔透的水晶石和钻石，这些都是夏白梦家族的产业，除了她家，别人不能做得出如此精美的做工。最特别的就是黑衣人掉下来的那把刀上的图腾，那种图腾可是夏家独有的，这沈墨昭绝对不会搞错。

可这仅仅只是一次假期的作业活动，她真的有必要如此紧张吗？还是说他们有其他的企图？或者是他真的多想了？

她虽然是一个工于心计的女生，但总还不至于因为一次假期作业，而闹得不欢而散，并且险些弄出人命来！

沈墨昭开始后怕，他总觉得这个女生有些恐怖，指不定她的心里究竟隐藏着什么重大的阴谋……

他盯着苏小落认真的脸，突然觉得不知所措。

小落竟然也完全呆住，她原来仅仅是一个被人利用过的工具，和沈墨昭身边的秃鹰的用途别无两样。可她的思维转换得飞快，站在另一个角度上去想，确实另一番景象。她现在和沈墨昭一组，可以说是间接帮助了这个可怜人，让他不会受到夏白梦的摧残，这也算是一种幸福吧？

苏小落抿嘴一笑，把沈墨昭讲述的故事完全抛在脑后，她也算是从刚才的阴影之中走了出来，不再钻牛角尖。

她露出甜美的笑容，把所有负面的情绪全部抛开，对沈墨昭说道：“算啦，看在你在背后一直维护的我分儿上，我就不去追究你利用我的可恶啦！不过……不过……为了惩罚你，我还是应当想出一个比较狠毒的方式来惩罚你一下！”

3 有毒的花

听到“狠毒”这两个字的时候沈墨昭的嘴角抽搐了两下，这个草根女不会又想出很多稀奇古怪的想法来折磨他吧？他现在脆弱的神经已经很难招架得住任何刺激性的摧残，何况苏小落一直都是重口味，他怕没有办法承受！

苏小落灿烂的笑容上凸显了邪魅的一面，她把手中的竹竿扔给了沈墨昭，好不容易找个借口可以捉弄他一下，这次一定要玩个大的。

沈墨昭掂量着手中的竹竿，面部表情僵硬了，他长叹了一口气，非常郁闷地问：“你不会是让我撑你的竹筏，你要去坐我的船吧？”

“对！”小落把眉眼笑成了弯月，几乎都粘成了一条缝，脸上的两个小酒窝竟然如此可爱，“黑面神不愧是聪明的少爷哎，如此深奥的事儿都体会得到！那么就祝你在竹筏上过得开心哦，千万别妄图把我的竹筏弄坏，不然有你好看的！”

苏小落已经发话了，沈墨昭怎么敢把竹筏子弄坏。如果真的弄坏了，这个小丫头还不永远让他在一个破筏子上待着才怪！可这一切都是他自找的，谁让这是他欠她的呢？沈墨昭握紧了手中的竹竿，跳上不稳当的竹筏，心里忐忑。

他长这么大都没有坐过如此危险的东西，这是平生第一次站在竹筏上，就连驾驶竹筏的技术也是烂得要命，苏小落看着他笨拙的样子，笑得前仰后合，也险些从船上掉下来。

沈墨昭气愤地把竹竿摔在竹筏上，他从没有试过如此失败，竟然连一个简单的竹筏没办法搞定，他这个少爷当得真没有用。

苏小落看得出来他已经尽力了，不过惩罚就是惩罚，她不能

这么轻易就让他顺利通过，不然怎么能让他知道自己的错误？可看到他痛苦的样子，小落也不忍心去折磨她，她从大船跳下来协助他。

“别气馁，我教你！其实撑竹筏要比坐大船有趣多了，可以自己随意地掌控！”小落捡起竹筏，一点点教授沈墨昭，让他从中得到快乐。

竹筏确实很有趣，并且能够带给人很多快乐感，从一个什么都不会的少爷，到可以撑得一手好竹筏，也算是一项不错的技能。

小落看到他能从嘴角微笑，她都有些不敢相信，他难道真的笑了？

不过沈墨昭的笑容还真的很灿烂，如同早晨的阳光，清澈美好。

4 食人鳄鱼

金色的阳光停止照耀炙炎的光芒，世界便失去了温暖的信仰。

我若坚持与你同甘共苦，你还能坚持离我远去？

给予。

Vol. 1

沈墨昭已经学会了简单撑竹筏的技巧，并且把撑竹筏当成了一件有趣的事儿。他从来都没有接触过如此新鲜的事物，顿时觉得视野开阔了很多，这也是苏小落带给他的另一个惊喜。

他撑着竹筏子在水路上行驶，要比他站在可以自动行驶的船上有趣得多，这是一种手脚并用的活动，如果没有身体和脑子的协调配合，也不能够顺利地推动竹筏的前行。

而从来没有坐过大船的苏小落也是兴奋不已，既可以不用自己动手就可以欣赏到两岸的风景，这是多么悠哉的一件事儿啊！他们俩对调了交通工具还可以如此开心，可真是难得。

小落盯着两岸诱人的风景，心情格外爽朗，从上了大船她的笑容就没有消失过。而站在这船上看到的风光令她的心情和之前的更加不一样。

“沈墨昭，你觉得怎么样?”苏小落站在船尾对他兴奋地喊着。

而沈墨昭虽然撑得十分辛苦，额头和胳膊上已经沁出一层细密的汗珠，却也十分乐此不疲。“很不错，这可以锻炼身体，比在大船上有意义！”

小落见到他竟然如此享受有些意外，似乎这个大少爷没有她想象中的那么冷血。“那你继续好好努力撑筏子，不过要注意河道两边的石块，千万不要卡主了，不然很难脱离困境的！”

如果不是小落在前面提醒，沈墨昭很容易把竹筏撑到石头上面。这段河道确实有些奇怪，两岸旁边有好多很奇怪的石块，半截在水中，半截在水面之上，颜色像枯竭的树皮，看着令人头皮发麻。尤其是在油亮的树木衬托之下，显得如此突兀。

“苏小落，我们这究竟是在哪儿？感觉我们迷失了方向，怎么越走越奇怪?”沈墨昭已经被来时路上的景象吓坏了，尤其是遇到食人花的时候，他害怕再次遇到上次的情况，变得谨慎了起来。

小落也觉得这里奇怪，可他们一直都是顺着水路走的，不会走错了方向，何况现在还是白天，小落还是可以辨别得到路要延伸的去处。

“应当不会错，你注意一点，反正我在前面，你不用害怕！”

4 食人鳄鱼

苏小落这句话说得沈墨昭心里难受，明明他是一个男生，明明担当保护责任的应当是他，可现在却完全反了过来。而苏小落完全爷们的小气场也暴露了出来，令他无地自容。

随着周围环境的恶化，小落也提高了警惕，唯恐会再出现异状。而她也逐渐开始觉得，他们已经偏离了之前的轨迹，向着森林的深处驶去。可小落别无选择，只有一条水道，他们不能把船丢下上岸行走，那样要比水路上更加危险。

邪恶的森林中不知隐藏着多少神秘的动物，而那些动物又能做出什么诡异的事情是苏小落不能得知的。而最重要的就是，他们只是15岁的学生，没有足够强大的能力去对付凶残的动物，他们只能选择躲避和藏匿。

小落加快了大船的行走速度，而沈墨昭也撑着竹筏奋力地在背后追赶，唯恐小落会把他扔下不管。

小落越是紧张，就越会出错，刚刚不知道按了哪个按钮，船竟然停了下来，沈墨昭焦急地在她背后吼着："快走啊，你做什么呢?"

她也想快一些，可是大船启动不了了，这让她怎么办才好?"船好像是坏掉了，要不然你上来看看?"

沈墨昭逐渐地把竹筏靠近大船，可还没有等他靠近过去的时候，竹筏底部似乎触碰到了一个物体，竟然不能前进了。

"苏小落，竹筏好像动不了，底部有东西刮上了!"

小落本来已经手忙脚乱了，沈墨昭还给她添乱，她已经无暇顾及。"你等一下，我马上就来!"

当小落再从船舱走出来的时候，沈墨昭背后的景象吓了她

一跳。

停靠在两岸看似石头的物体逐渐开始移动，缓缓地向着沈墨昭的竹筏靠近，而他只顾着手上的竹竿怎么才能把竹筏撑走，根本没有顾及身后发生的事儿。

小落为沈墨昭捏了一把汗，他身后的物体逐渐清晰了起来，这……这些竟然不是石头，也不是树皮，而是活生生的鳄鱼！

鳄鱼丑陋的面孔终于浮上了水面，如不是沈墨昭的船惊动了他们，恐怕它们还在沉睡中度过，可现在已经晚了。

“沈墨昭，快！快点上来！”苏小落走到船尾，恨不得把沈墨昭拉上大船，可沈墨昭和她的距离太远，她连手都够不到。

“不行，太远了！你等我把筏子弄好就上去帮你！”沈墨昭还不知道身后发生了什么，继续用竹竿在水下搅弄着。

水下的那个物体终于被他弄醒，它向上撑着，险些把竹筏掀翻，沈墨昭惊慌不已，找了几个平衡点才站稳脚步，他猛然向后看去，顿时惊了。

“啊……臭丫头，你怎么不早告诉我？”沈墨昭惊慌地向大船逃窜，可他离大船实在太远，根本没有办法上去。

此时从空中突然出现一个女孩的声音，大喊着：“小落快跑！身后有鳄鱼！”

苏小落不用抬头，她都可以知道这个女生就是当当，在她危险的时候，她竟然第二次出现！大船也要被鳄鱼包围上，幸好河道并不是很宽，她可以向岸上逃，可沈墨昭怎么办？

“当当，快点救我，还有沈墨昭！”苏小落就算是在危机的时候都没有忘记沈墨昭。

4 食人鳄鱼

当当渐渐地从树梢上缓缓滑下来，扔给小落一条绳索，用最快的速度把小落从困境之中救出来，而沈墨昭离她们比较远，当当的绳索不够长，救他确实有些吃力。

"当当，快点啊！"苏小落真为沈墨昭捏了一把汗，眼看着鳄鱼就爬到他的身边，而沈墨昭手上只有一支竹竿。

"你别着急，容我想想才好！"当当也乱了阵脚，她从来都没有遇见这么多的鳄鱼，恐怕这里是一个鳄鱼潭。

沈墨昭紧紧地握着手中的竹竿，眼睛不敢眨一下，他已经把全身的精力都拿了出来。可究竟应当怎么来对付这些鳄鱼？

Vol. 2

正当沈墨昭一筹莫展的时候，穿过树林竟然响起了枪声，这枪声有些刺耳，却看不到开枪的人究竟是谁。

已经安全到达树上的苏小落也在寻找这个人，只能够听到枪声的来源方向，却始终都没有见到真人。

"小落，和你们一同来的还有其他人吗？"当当站在树上也很好奇，她看可以清楚地看到每一发子弹都会很准确地打在鳄鱼的身上，并没有伤害沈墨昭的意图，"还是说这个大少爷家有人暗地保护他？"

苏小落这时明白了沈墨昭和她讲述的那个所谓的故事，而跟踪他们的黑衣人不一定是来杀他们的，或者针对的只有她一个人，而从不会威胁到沈墨昭的生命安全。小落叹了一口气，有些事情真的不是她能够参与的，她只想当一个旁观者。

“当当，你还是不要问了，想办法怎么去救救沈墨昭吧！就算是背地里有人帮他，可枪杀鳄鱼也是犯法的啊！”小落不知道应当和当当怎么去解释，只能岔开话题让她去想办法。

当当是个神经大条的女生，小落不说自然有她的想法，她也不想强迫她说什么。

“算了，我试着爬过去吧！不过树梢的枝干太细，我怕承受不住一个男生的体重，何况我最近也胖了！”当当捏着她的包子脸，身上的赘肉已经让她觉得很难看，和小落这种怎么吃都吃不胖的人在一起，真的好有压力。

粗壮的大树矗立在河道的两旁，当当像松鼠般在树上攀爬，她轻巧熟练的技术令小落咂舌，没想到她胖成小猪的模样，还可以如此灵巧。当当顺利地爬到了沈墨昭竹筏子的上空，看着他在下面挥舞着竹竿和鳄鱼奋战，而枪声也依然四起。

鳄鱼在水中张大了嘴，似乎要把沈墨昭整个人都吞进肚子里，沈墨昭左躲右闪，忙得心惊肉跳，一个不留神恐怕就变成鳄鱼口中的午餐。

“嘿，大少爷！我把绳索帮你顺下去，你一定要接住啊！然后我拽你上来，但愿这些鳄鱼不要急红了眼！”当当救人都要这么多的废话，不过她还是很担心，这个树枝确实很软，怕撑不住他们两个人的体重。

沈墨昭个子高，虽然不是很重，但两个人加起来也有 200 多斤，这么柔弱的树枝怎么能够承受得住？

沈墨昭抓住了当当顺下来的绳索，牢牢地抓在手心，但也不忘记把竹竿拿在手中。他身体逐渐地被当当向上拉去，而在水中的鳄鱼真的急红了眼，向上蹿动着要把沈墨昭吞掉，甚至有一只已经碰到了沈墨昭的屁股，让他吓了一跳。

树枝有些承受不住两个人的重量，开始吱呀吱呀地摇晃起来，脆弱的地方竟然发出了树杈断裂的声音，当当提着的心开始害怕了。而鳄鱼们把所有的注意力都集中在沈墨昭的身上，到嘴的一块肥肉就让他这么溜走了，它们还是有些沮丧，但也一直都没有放弃。

当沈墨昭即将要达到树上的时候，当当手上一滑，沈墨昭立刻下沉了一米，鳄鱼再次跳起涌上来，把沈墨昭的魂儿都要吓丢了。

“快拉我上去，就要咬我了!”

沈墨昭歇斯底里的喊叫声穿破了当当的耳膜，她何尝不想把他快些拉上来，可是她已经没有任何力气了。她身后树枝一直在吱嘎吱嘎地叫嚣着，令她也不能安心下来，她怕救一个沈墨昭会把她也拖下水!

正值当当想要放弃的时候，当当的上面突然出现了一个男子的身影，他坐在当当上面的树杈上，冷冷地说道：“把绳子给我，不然你们都会成为鳄鱼的午餐!”

当当顿了一下，这个人是谁?为什么会出现在这里?他又为什么要出手相救?可她并没有多余的时间让她去思考，只能选择信任。当当很努力地把绳索拽了上来，再晃悠悠地把它交给那个男子。

交给他之后，当当舒缓了一口气，而站在另外一个棵树上看着的小落瞪大了眼睛，她不理解当当这是在做什么，对当当大喊着:“当当，不能把它交给别人，小心他要了沈墨昭的命!”

可当当反应过来的时候，已经晚了。

而在当当上空的男子并没有像苏小落说的那么狠毒，他真的是非常用心地把沈墨昭平安地救了上来。苏小落见到沈墨昭安全到达了树上，她也舒了一口气，总算是不枉费她的一番心思。

可小落还有些懊恼，她辛辛苦苦做的竹筏子难道就这么报废了?还有沈墨昭的大船，就这样被扔在这里?可那些面目狰狞的鳄鱼却令人瞠目结舌，也没有办法靠近，她只能选择放弃。

“当当，我们怎么才能安全地离开这里?”小落在这端喊，当当在另一端回应道:“你等我过去接你，我们一起离开这个鳄鱼潭!”

沈墨昭和苏小落在当当和另外一个男生的帮助下，才顺利地通过鳄鱼潭险境，当远离了鳄鱼潭之后，苏小落还不断地和当当说起她竹筏的事情。沈墨昭听起这件事他就生气，他对苏小落吼着:“如果不是你非要让我撑竹筏，能遇上这么危险的事儿吗?”

小落也没有想到会发生意外，可她也觉得这件事不能怪自己，“如果不是你的技术不好，恐怕也不会惊动鳄鱼，这怎么能怪我呢?”

“你们俩别吵了，能不能听我说一句话?”当当站在两个人的中间，她才不管这件事究竟是谁对谁错，她要知道接下来应当怎么办，“你俩说吧，接下来应当怎么处理?还有这个人究竟是谁?你们认识吗?”

沈墨昭和苏小落盯着那个毫不认识的男生一个劲儿地摇头，虽然对他没有任何敌意，但也总要知道这个男生是谁。

这个男生说不上帅气，但却是阳光的那种类型，斜长的发丝挡住半边脸，令他看上去又有几许忧郁，却不缺乏男生的魅力。

“只是偶遇，我也不认识你们，再见。”他转过身，利用龙爪钩迅速消失在浓密的树叶之中。

小落看着他的背影喃喃地问：“这个人究竟是谁?”

“怎么看上人家了？不过就你这种白痴女，这位帅哥是不会要你的!”沈墨昭拿上唯一带回来的竹竿继续上路，他再也不会相信苏小落这个家伙了，她只会骗他上当!

Vol. 3

好不容易才脱离了鳄鱼潭的阴影，沈墨昭、苏小落和当当三个人一起上路。

起初当当不想和他们一同走，可他们已经失去了交通工具，再没有一个专业的人指导他们行走的路线，沈墨昭害怕再次发生鳄鱼潭的事件。还有刚刚离开的神秘男生，他究竟是谁？在这么大的森林中，他怎么能够一个人独自上路？并且还能在他们危险的时候出手相救。最重要的就是，刚才的枪声，是谁在开枪？

苏小落也百思不得其解，当当也是迷惑重重，而只有沈墨昭什么都不想，单纯地上路前行，似乎他的心中已经有了答案。

当当一个女生的能力毕竟有限，他们偶尔在陆地上前进，可当没有陆地的时候，他们必须要经过重重的树枝攀爬才能够到达对岸，这令她十分困苦。女生有再强大的能量迟早都会消耗完的，何况她带着一个半吊子的苏小落，和一个什么都不懂的沈墨昭。

出了鳄鱼潭，沈墨昭和苏小落两个人一直都在吵架，三个人走出去只有几千米，当当已经叫苦连连，她再也受不了两个人的折磨。

“你们俩可算是够了，如果要吵的话，请先让我离开这个鬼地方！前提是你俩能够自己离开！”

当当的话震慑住了两个人，顿时变得哑口无言，他们可不想再遇到任何突然袭击，弱小的心灵再也承受不起各种打击。

“当当，你好人当到底嘛，坚持陪我们走完剩下的路程，只要找到缪壬教授留下的礼物，我们就可以胜利返航了！”

可苏小落从来都没有想过，缪壬教授究竟在这里埋下了多少的东西，而他们又要找到多少的东西才算是胜利呢？而到目前为止找到的一双手套，还被沈墨昭浪费掉了。

而千米之外的一片景象令当当犯了愁，这究竟要怎么才能走得过去？

夹在中央的水面顿时开阔了，两旁的树林渐渐退去，只剩下宽阔的水域。水面像一块无瑕的翡翠闪烁着美丽的光泽，层层鳞浪随风而起，伴着跳跃的阳光，宛如明镜一般，清晰地映出蓝的天，白的云，红的花，绿的树。在水域中央的远处，不时传来一两只野鸭的扑翅声，使水面更显得灵动起来。

“好漂亮啊……”苏小落急忙快走了几步，站在水边欣赏着这如画般的景致，“如果此时能有竹筏该多好，我们就可以泛舟去了……”

小落的想法甚好，可船只和竹筏早已经被他们抛弃在了身后的鳄鱼潭，而前路漫漫，没有代步工具怎么行？

4 食人鳄鱼

阳光照在波光细细的湖面上，像给水面铺上了一层闪闪发光的碎银，又像被揉皱了的绿缎。当当也很喜欢这种景致，可就算再美好，他们的路依然还在前方。

她突然萌生了一种想法，虽然已经失去了一个竹筏，但这不代表他们没有办法前进，只要再努力做一个就好！森林中到处都是树木，只要他们有效地利用现有的资源，应当能够做出比小落之前还要好的竹筏。

听了当当的提议，小落过于兴奋，急着要去找做竹筏的木头，而沈墨昭却矗立在一旁，他才像个活生生的木头！苏小落看到他这种苦逼的表情就想揍他，可碍于他毕竟还是一个男生，只能上去用手指戳了戳他，说："黑面人，开动了！如果不去找木头的话，小心我把你当木头绑在竹筏上！"

沈墨昭扭着身体动了两下，可在他的脑子里还是挥之不去那个男生的脸，这张脸他似曾相识，可究竟在什么地方见过呢？看着当当和小落蹦跳着渐行离他远去的时候，他突然对远去的她们说道："快回来，我有一种不祥的预感。"

当当和小落顿住脚步，回头看了他一眼，小落小声对当当说道："不用理他，他还能有什么预感？黑面人！"

"黑面人？"当当的嘴角抽搐了几下，面部完全石化。没想到苏小落竟然给大帅哥起了一个如此不雅的称号，不过倒是和他冰冷的性格十分相似。"可咱俩真的要把他一个人丢在这里？"

苏小落很郑重地点点头，她才不要管那个自以为是的大少爷，她早已经受够了他的坏脾气。

"我们走，把筏子弄好了尽快上路，不然今天晚上我们就要在这里过夜了！”

苏小落想到鳄鱼潭有数不胜数的鳄鱼，她全身的汗毛都会竖起来，当当她也不想和鳄鱼共度良宵，所以还是抓紧上路。

沈墨昭的话她俩都没有放在心上，可沈墨昭却不能把这种不祥的预感抛出，他一定要想一个办法，究竟是谁在背后推动着他们的脚步，让他们一步步地陷入困境之中。

等小落和当当走了以后，沈墨昭站在水域边，不断地回想着送他们回来的那个男生。

他似乎不是维尔利斯学院的学生，虽然年纪应当和他们相仿，但脸上却写满了沧桑感，一个十几岁的男生看上去却像30来岁的中年人，是什么促使了他心理年纪的增长？他脸上的忧郁，并不是模仿得来的。

沈墨昭站在原地思考，从身后突然传来水声，他惊恐地向后转，定睛看了过去，远远的竟然有人撑着竹筏子游了过来，他是谁？

沈墨昭手中握紧了竹竿，只要他想到总会有人跟踪他，心里就觉得不安，直到竹筏越来越近，他才终于看清楚，这竟然是送他回来的男生。

他逐渐把竹筏靠近过来，停在了岸边，上岸把筏子交到他的手上，连一句话都没有说，他就要走。

“站住！”沈墨昭厉声喊住了他，“你是谁？为什么要帮我？为什么不把大船开回来？还有开枪的人是不是你？”

背对着他的男生起先不说话，想了一会儿之后说道：“我帮你是受人所托，我欠他一个人情。而你的大船已经没有油了，就算我帮你弄过来，你也开不走！我看你们还是用这个竹筏吧！”

“是谁让你帮我的？是不是夏白梦？”沈墨昭想要急切地知道答案，可他等来的却是空气，那个男生并不理睬他的问题，独自向来的方向走去，只留下了一句“小心”。

沈墨昭心中的疑问更多了，他究竟是谁？而帮他的人又是谁？如果跟踪他们的，和陷害他们的不是一伙人，那么这些人的阴谋又是什么？

他怎么想也得不到答案，但总算是有了行进的工具，也算是不幸中的万幸。

Vol.4

沈墨昭在水边等了很久，夕阳西下，水上妆成一抹胭脂的薄媚。晚霞如同一片赤红的落叶坠落到铺着媚色的水中，斜阳之下的水已然变成了暗紫色，好像云海中绽放的一片骄阳，而这种慵懒的状态也没有持续多久，暗紫色的红妆逐渐退下，卸下了浓妆的天空与水域相结合，天水之间的浅蓝色逐渐变成了墨绿，渐渐加深下去……阳光褪去光泽之后，只剩下墨兰和暗灰，整个空间都被黑暗包围了起来。

沈墨昭等得有些不耐烦了，在水边走来走去跺着脚，嘴上还不断地念叨着：“这两个家伙跑哪儿去了？去了几个小时还没有回来？难道真的要把我一个人丢在这里不管？”

他平日里确实一直在针对苏小落，也不太喜欢她这种横冲直撞的女生，可在这种危急的时候，他宁愿相信苏小落不是这样的

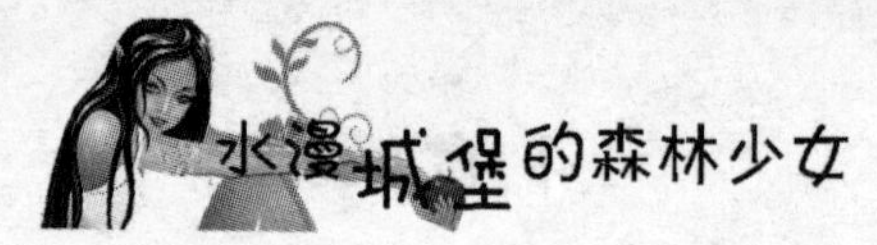

女生，只是她们还没有找到做竹筏的木头。

沈墨昭受不了这种压抑的环境，索性在水边燃起了一堆篝火来照亮，有点光芒他的心里还能舒服一些，不至于整个世界都变成了黑暗。

借着微弱的火光，沈墨昭可以看得到水面亮晶晶的，一丝不动得像一面镜子，周围所有一切都是静止的，仿佛时间也停了下来。他和小落折腾了一天，身体也乏了，依靠在一棵大树旁边逐渐地进入了梦乡。

等沈墨昭醒来的时候，他对面的篝火前竟然坐着一个男人，他从朦胧中惊起，大声地呵斥问道："你……你是谁?"

男人并没有回头，只是淡然地说："怎么？几天不见，我都认不出来了?"

沈墨昭有些惊喜，坐在对面的男人竟然是缪壬教授，可他怎么会出现在森林之中？难道说跟踪在他们背后的人是他？沈墨昭冲了上去，蹲在缪壬教授的身边，想要问个究竟。

"缪壬教授，您怎么会在这儿？你有没有见到苏小落？她已经离开很久了，我怕……"

"不用怕，我刚刚已经见过她，这时候和当当一起去找食物了!"缪壬教授把从水中扎上来的烤鱼递给沈墨昭，"饿了吧，吃一口，一会儿我们要趁着黑天赶路呢!"

沈墨昭愣了神，接过他手中的烤鱼，美味地开始吃了起来。他也饿了一天，能吃一口食物是多幸福的事儿！可就算是吃也堵不住他的嘴，他还在念叨着苏小落的丑事，"苏小落这个臭丫头，这一路上她都要把我害惨了！如果不是她坚持己见，恐怕我俩也不会走到这么恐怖的地方，更加不会遇到这么多的磨难!”

缪壬教授和蔼的笑容暖了沈墨昭的心，他轻轻地拍了拍沈墨昭的肩头，亲切地对他说道：“孩子，你还是要感谢小落，如果不是她，恐怕你也撑不到现在吧?”

沈墨昭愣了，缪壬教授其实说得并没有错，如果不是身边有小落这个开朗大方的丫头陪着他，恐怕他早已经落荒而逃，更加不会坚持到现在，还学会了很多生存的本领。

“我只是担心你们这些学生，不然我也不能亲自来到森林照看你们，我把你们送到下一站就会离开!”缪壬教授的白发在黑暗中的火光之中显得灰白无力，他已经年迈的躯体在黑暗中变得更加瘦骨嶙峋，沈墨昭有些心疼。

他和教授聊天之际，苏小落和当当从树林中已经走回来，手上还拿着一些不知名的野果子。

“缪壬教授，我们回来了!”苏小落雀跃着跳到缪壬教授的身边，把沈墨昭从教授的身边挤走，“教授，看看这些果子有哪些是可以吃的?”

缪壬教授把烤好的鱼和野果子分给大家，自己却叼了一支烟躲到一旁去，心事重重的教授看起来有些不正常。小落和当当都感受到了教授气场的错乱，只有沈墨昭在一旁吃得那么香甜。小落走上去推了推他，虽然心里还是不想和他说话，但也不能不顾及教授的感受，“缪壬教授和你说什么了？他情绪怎么不太对啊?”

沈墨昭瞪了她一眼，起初不想回应她的话，可想到缪壬教授对他的那番教导，他无奈地对小落说道：“教授说一会儿要赶夜路，把我们送到安全的地方，他就要离开了!”

离开？小落心生怀疑，离开了他能到哪儿去呢？最奇怪的就是，缪壬教授怎么知道他们在哪儿？难道说跟踪他们的人，教授认识？苏小落不敢再想下去，想想都是恐怖的事情，令她自己都无法相信。

小落抬头便看到了她的竹筏，她更加奇怪地问沈墨昭道：“我的竹筏是缪壬教授带回来的吗？我怎么没有听他提起过呢？”

如果小落不说的话，沈墨昭几乎都要忘记了。

“竹筏是救我的那个男生送来的，他说我的船没油了。”沈墨昭说得很平淡，似乎把他怀疑这个男生的事儿都忘在脑后了，情绪也没有起初那么激动。

可当苏小落听了之后竟然蹦了起来，吓了当当和缪壬教授一跳。

“黑面神，这么大的事儿你怎么不和我们说呢？你到底有没有问清楚他是谁，为什么要帮我们，还有是不是他跟踪我们的？”

“问了，可是他什么都没说！”沈墨昭特意把某部分省略，他不想横生枝节，令小落多心。

可他越是如此，小落越是多心。

她扭过头看向缪壬教授，他侧着脸看着平静的水面不说话，沉默的样子令她敬畏。

当当坐在另一端大吃特吃，像几天没吃过饭一样。

而小落的心里却一直对那个男生产生了疑问，他究竟是谁呢？

沈墨昭什么都不说，她也没有办法参透，只能慢慢地进行调查。

如果调查，还是要从沈墨昭的身上下手，因为那个男生的眼中似乎只有他的样子……

Vol. 5

缪壬教授来的时候也是撑着竹筏子，他带着沈墨昭撑着竹筏走在前面，小落和当当撑着竹筏走在后面，阿喵蹲在小落的背包里一直不肯出来，它有些害怕晚上恐怖的夜色。

夜晚的天空像一块洗净了的藏青色的帷幕，点缀着闪闪繁星，繁星就是洒在幕布上闪光的金片，在灿烂的星空之下，树叶随风摇曳，发出沙沙的响声。夜的香气弥漫在空中，织成了一个柔软的网，把所有的景物都罩在里面。任是一草一木，都不是像在白天里那样地现实了，它们都有着模糊、空幻的色彩，每一样都隐藏了它的细致之点，都保守着它的秘密，使人有一种如梦如幻的感觉。

教授的筏子在前面领路，小落便没有太多的紧张感，虽然偶尔也觉得有些困乏，却因为夜里的凉爽很快驱逐出脑海。

银色的月光好像一身白得耀眼的丧服，笼罩在广阔的水域之上。前方的水面没有一条船只，甚至看不到一丝微波，到处都是一片宁静，而这宁静中有种死亡带给受尽苦难折磨的病痛者的无休止的安宁……

沈墨昭雪白的衣服在黑夜中竟然如此扎眼，白色在黑夜中给人更加冷的感觉，并且在黑暗中发出幽幽的光芒，令人心生寒意。

“缪壬教授，我们还要走多久?”小落跟随在教授身后，不知道走了多久，只知道他们从一条水道的岔口向另外的一边走去，

“我们这是要去哪儿?”

缪壬教授并没有说话，他只是撑着筏子，站在他身边的沈墨昭突然感觉到异样，教授似乎像变了一个人一般，冷漠得令他有些恐慌。尤其是他在黑夜中绷起的脸，异常狰狞，白色的发丝也显得苍白无力，他真的像个垂死挣扎的怪物，在他的身边不说话，不作为，只是看着他。

“缪壬教授?”沈墨昭在他身边轻声呼喊，“我们这是要到哪儿去?”

他依然没有任何回应，手里的竹竿不断地在撑着筏子，皎洁的月光照在江面上，给波光粼粼的江面，添上了迷幻的波光，诡异的颜色反射在他苍白的脸上，令沈墨昭向后退了一步。

他急忙走到筏子的后面，靠近小落的筏子，向小落不断地挥舞着手，示意让她靠近一些。

苏小落并没有领会到沈墨昭的意图，只是略微地快了一些，想听清楚沈墨昭在说什么，而恰好要靠近的时候，缪壬教授回了头。

小落顿时觉得缪壬教授被鬼魂附体一般，整个人变得阴郁了起来，她立刻把筏子靠近过去，对沈墨昭说:“快上来!”

沈墨昭刚要走出第一步，缪壬教授从身后抓住了他的脖领子，声音也变了调调地说: “你要去哪儿啊? 不是说好要和我一起走吗?”

他的声音如同枯木般，嗓子沙哑生锈，整个人和之前的都不同了，似乎他中了邪魅般。

沈墨昭缓缓地向后退着，见到这样的教授，他也不禁汗毛耸立，他已经很努力地在平衡着身体不让自己从筏子上掉下去。

“教授，你怎么了?”

缪壬教授步步紧逼，令他无地自容，他再向后一步，就会从筏子上掉下去。

“小心!”小落和当当都为沈墨昭捏了一把汗，不理解缪壬教授这究竟是怎么了。

沈墨昭从筏子的一端移动到另外一段，可教授依然没有打算要放弃他，始终抓着他的脖领子不放开。

“沈墨昭，今天我就要让你们三个葬身在此!”说着他从腰间拿出一把闪着银光的刀。

刀在月光的照耀之下，反射着异彩的光芒，耀得人眼睛有些受不了，就连拿着刀的教授，眼睛都被晃了一下。

沈墨昭借此机会推了他一把，把他从竹筏上推了下去，让他掉进了深深的水潭之中，不见踪影。沈墨昭受到了惊吓，跳到了苏小落的筏子上，再也不相信任何人。他大口大口地喘着气，惊魂未定。

苏小落盯着平静的水面还很奇怪，她问沈墨昭：“缪壬教授到底怎么了？他为什么会变得如此古怪？似乎不像是之前的人!”

这句话戳中了重点，在他们没有上竹筏之前，缪壬教授一直都很正常，在上了竹筏之后，教授竟然变得不爱说话了，并且声音很奇怪，且身上有一种古怪的味道，令苏小落全身不舒服。

沈墨昭猛拍着大腿，他终于想到究竟是为什么了。

“我想起来了，在出发之前缪壬教授说要去小解，他去了很久！你还啰唆地说男人为什么比女人还要慢，对吧？然后回来就出发了，可能就是在那段时间缪壬教授遭遇了不测，而和我们一起上路的并不是缪壬教授，而是另外一个人！”

“没错！那么缪壬教授岂不是很危险？”小落突然想起，“如果水下的这个是假的，那么真的缪壬教授还在刚才的树林里，我们要返回去救教授！”

沈墨昭哆嗦了一下身体，他看着幽深的黑夜，缓缓说道：“我们真的要回去吗？在这种地方，你还能辨认得出方向吗？万一……”

“没有万一！闭上你的乌鸦嘴！”苏小落踮起脚尖狠狠地敲在他的头上，“难道你真的想让教授出事儿吗？如果还有点良知，就把你的嘴闭上！”

沈墨昭深知缪壬教授对自己的期望，他只好作罢。

当当跳上另外一个竹筏，三个人撑着竹筏，在风神的带领之下向回走去……

深夜的水域像一位深邃的老者，静静地睡在夜幕之中。无风、无浪，与天默默相对，柔和的月光犹如一块透明的白纱笼罩着水域，凄美的景致令三个人心旷神怡……

5 跳舞的树

多少的悲痛你都在我身旁，此时的我多么想念你的模样。

不奢求能够与你相守，但求我在你心中。

不忘。

Vol. 1

漆黑的夜透着诡异和神秘，苏小落、沈墨昭和当当三个人撑着竹筏重新回到了那片树林，可寂静之中他们找不到任何线索。

“小落，如果找不到教授怎么办？这么大的树林我们也不可能找得那么透彻，何况现在还是晚上，如果遇到危险怎么办？”当当害怕事情发展得太快，他们没有办法跟上事态变化的速度。

可小落却一心只想把教授从厄难之中拯救出来，她不愿见到因为他们的缘故，牵扯到无辜的人。何况缪壬教授对她一直都很好，在他的身上小落也学到不少的知识，这么和蔼可亲的一个教授，这么能说离开就离开？

"不行，就算再危险我们也要救他，别忘了我们有危难的时候缪壬教授也曾出手相救！"小落捡了几个粗大的树枝点燃，分给另外的两个人，"我们分开去寻找，尽快找到缪壬教授，先回来的人就在竹筏旁等着，千万不要走开！"

当当的心里还是觉得不安，她总觉得这个树林里隐藏着太多的秘密，一不小心就会跌入其中，而小落则是这里的关键人物。

沈墨昭也有些害怕，刚才受到假"教授"的恐吓，他的心依然还没有平复。

"草根女，如果我们都没有找到教授怎么办？"他手里拿着火把，有些泄气地说，"这么黑让我们去哪儿找啊？"

"闭上你的嘴，如果不是你大意的话，怎么能让那个假教授和我们一起同行？如果我们都找不到，那么就在这里住一晚，等天亮了继续找！"小落下定了决心，不找到缪壬教授坚决不会离开。

沈墨昭怏怏不悦地带着风神向森林的深处走去，而当当也有些担心，她很严肃地对小落说："这样真的没关系吗？如果我们单独出行，遇到危险怎么办？别忘了，刚才被那个人逃脱了！"

小落当然也知道这其中的危险性，可如果他们现在不去找缪壬教授，那么他就多一份危险！

"不行！我们既然准备要去找缪壬教授，那么一定不会放弃，当然也要保证我们的人身安全！"苏小落看着渐渐远去的沈墨昭，也开始担心起来，"当当，我们跟上去！我们三个人不分开就可以了，假教授是一个人，怎么也打不过我们三个！”

黑夜漫漫，只能借助微弱的火光看到近在咫尺的路，三个人深一脚浅一脚地在树林里行走着，可一直都没有看到缪壬教授的身影。

路越来越难走，原本平坦的道上竟然多出来一些石子儿，咯得脚丫子有些疼，尤其是沈墨昭，他快要承受不住了。

“草根女，你够了吧？我们已经快把整个树林都找遍了，依然没有见到缪壬教授，我们还是放弃好了！”沈墨昭已经没有了力气，走了一晚上连个鬼影子都没有见到。

“不行！”苏小落还在坚持着，虽然她的脚也已经没有了任何力气，可为了缪壬教授，她宁愿受苦，“我们再找找，说不定遗漏了什么地方呢？”

当当全然地放弃，她彻底地坐在了石头堆上，把火把也熄灭了，毫不客气地对小落吼着：“猫娘，你如果想去找那么你自己去好了，我是放弃了！这么找也不是个头儿啊，黑漆漆的夜，连对面是什么都看不清，更加不要说是找人了！”

当当终于把小落骂醒，她也意识到自己不应当这么坚持。

“可……”

“可什么可？说不定那个假教授把缪壬教授藏了起来，如果他真的把他藏得非常隐蔽，那么让我们去哪儿找？”

当当说得并不无道理，可苏小落的心里始终觉得不安，似乎接下来真的要发生什么大事儿。沈墨昭看到小落身心不宁的样子，也放低了姿态对她说道：“放心吧，缪壬教授怎么都是个大人，他应当会照顾好自己的！”

缪壬教授确实是个大人，还是一个很大的人，有着一把年纪的他怎么能够禁得起这么折腾？这岂不是要了他的老命？

苏小落叹了一口气，只能无奈地对他俩说："好吧，听你们的！那我们现在回到水边去吧，等天亮了我们再找一遍，实在找不到我们也没有办法！"

当当的脸上终于露出了笑脸，她的苦日子总算是熬出头了。

"这才对嘛，等我们养精蓄锐，明天早上再来找！"她也恨不得和沈墨昭站在统一战线上，小落执拗的性格令她有些招架不住。

苏小落低着头跟在当当和沈墨昭的身后，向水边的方向走，心中的郁结一直都没有解开。这些人为什么一直坚持要跟踪他们？他们的目的又是什么？还要乔装成缪壬教授的样子，难道他们真的要把这几个人置于死地？

而这件事和沈墨昭对她说的夏白梦的事儿一点都联系不上，这究竟是为什么？

"小落，你快些走！"当当在前面喊着，小落加紧了步伐跟了上去，可脑海中的问题一直都没有消失，始终滋扰着她的神经。

天气有些凉了。

虽然还是盛夏时节，夜里有露水还是很冷，如果照顾不好还会生病。

小落拉紧了衣服准备去水边点火来驱走寒意，可当他们渐渐靠近水域的时候，在水边模糊地看到了一个人影。

他们三个人聚作一团，站在原地没有动，等了好久那个人终于动了一下转过身来。

在月光下，他修长的身体显得更加清瘦，黑色的衣服和后面闪亮的水域形成鲜明的对比，这……这不是白天那个男生？他又来做什么？

“走，我们上去看个究竟！”沈墨昭胆子大了起来，拉着当当和小落的手冲了上去。

三个人和那个男生相对而站，对视的目光产生了巨大的电流，在空中扬起敌意的火光。沈墨昭忍不住心中的火气，毫不客气地直接问道：“你又来做什么？”

他修长的身体在空气中飘忽不定，虽然看不清他的表情，但已经足够感受到他强大的气场，他轻轻地抬起手在空中画了一个圆形，缓缓地张开嘴吐出了几个字。

“看笑话，你们很有趣……”

有趣？有趣吗？

苏小落有一种被玩弄的感觉，她冲了上去，口中还在喊着“让你看笑话，这就让你看笑话”，然后狠狠踹在了他的身上，可他竟然纹丝不动。

这次真的让他看笑话了。

苏小落心灵和身体上都受到了严重的打击，沈墨昭和当当也跑了上来，和他对峙。

Vol. 2

夜，很深了。浓墨的天上，连一弯月牙、一丝星光都不曾出现，偶尔有一颗流星带着凉意从夜空中划过，炽白的光亮又是那般凄凉惨然。

风，是子夜时分刮起来的，开始还带着几分温柔，丝丝缕缕的，漫动着柳梢、树叶，到后来便愈发迅猛强劲起来，拧着劲的风势，几乎有着野牛一样的凶蛮，在水面上漫卷着……

水上的月夜是幽静而神秘的，耳畔只能听到“哗哗”的水声，微风拂面，令人感到凉意重重。

风卷过男生斜长的发丝随风舞动，黑色的衣角在空中摆着，他竟然一点都不紧张，反而嘴角带着邪魅的笑容。他露出魅惑的笑，轻声哼了一句：“怎样？”

“你是谁？究竟有什么目的？你现在的作为好像和你之前说的大相径庭！”沈墨昭对这个男生已经失去了新鲜感，只想知道答案，而看到他邪恶的样子，心生怨气。

而这个男生似乎也看穿了他们的心思，只谈风月，不说正事，脸上的笑容原来越邪魅了，泛着嘴边的笑容，柔声说道：“看你们很焦急的样子，我的身份就那么重要吗？放心好了，我和其他跟踪你们的人不一样，不会做伤害你们的事情！不过你们最好尽快离开这里，这种危险的地方并不是你们来玩的游乐场所！”

他的话说得有些迷蒙，令这几个人都没有听明白，甚至对他的话产生了怀疑。可那柔软的声音却如此悦耳，把在背包中已经熟睡的阿喵吵醒了。阿喵从背包里探出头，看着对面的魅惑的帅哥，口水都流到了小落的衣服上，嘴里还不断地说着：“帅哥啊，美男啊……”

小落气愤地把它一把扔回背包，并且带有鄙视的目光瞪了它一眼，大声地吼道：“贱猫，不许看他，小心把你做成肉汤！”

虽然这个男生确实很帅，但他神秘的身份令人琢磨不透，小落对他仍然还有几分戒心。

沈墨昭对这个男生依然存有敌意，追问道："究竟是谁让你来的？搞得那么神秘一定不是好人！我们最好离他远一点！"

那个男生在手中把玩着一把神奇的刀，刀刃在月光的照耀下异常清冷，刺眼的光芒在他们的眼前闪过，如此冷漠的一个人，他竟然在沈墨昭这句话说完之后补充了一句："你们休息吧，我帮你们守夜！"

"要你守夜？那我们还不都被你杀了？"沈墨昭对他出言不逊，把小落和当当都拦在了身后，"你最好离我们远点，不然我们三个要你好看！"

那个男生扑哧笑了，沈墨昭说出来的话对他一点威胁力都没有，他们三个人根本都不是他的对手，他嘴角微微上翘对站在身后的苏小落说道："就算他不相信我，你总相信吧？如果我对你们有恶意，那么我就不会救你们了！"

他的话说得确实没有错，如果要动手，他就不应当出手相救，并且还三番两次地帮助过他们，他应当是没有恶意。

"可……"小落躲在沈墨昭的身后，对他还是不够放心，阿喵从背包里探出了头，继续观望。

"如果你们不相信的话就算了，不过你们在这里确实很危险，难道忘记了要害你们的黑衣人了吗？"

"你……你竟然知道我们被黑衣人跟踪，那你……"

"我也一直跟随你们，从进入森林之后，我就在你们的上空。你们经历过的所有事情，我都看在眼里，我真的并无恶意……"他的笑容绽放成一朵美丽的花儿，让小落从心底对他解开了顾虑。

小落推了推沈墨昭，在他身后小声地说道：“不如我们索性信他一次？”

“信他都不如信你的阿喵！”沈墨昭才不会相信这个看上去十分神秘的男生，“你快走，不然我真的不客气了！”

他脸上始终挂着笑容，但在沈墨昭说出这句话之后，他拿出腰间的绳索麻利地挂在了树上，说了一句“后会有期”之后，消失在浓密的树叶之中，只留下一阵树叶哗哗的响动声音，但很快这声音便消失不见。

“或者他真的没有敌意呢？你……”

“闭嘴！难道你和他很熟吗？把每个人都想得那么好，难道你脑子有问题吗？”沈墨昭绷起了脸，把所有的矛头都指向了苏小落，“不要认为你把他当作好朋友，他就会正视你的态度，你以为你是万物之主的神吗？”

苏小落被沈墨昭说得一无是处，把她的优良性格都变成了缺点，就连站在一旁的当当都看不下去了。

“你这个大少爷，难道你疯了吗？我们现在还没有从困境中走出去，难道你就想要内讧？别忘了是谁把你从危难之中解救出来的，如果没有小落，你现在已经身首异处了！”当当步步紧逼，把沈墨昭逼到了水边，她再向前一步，沈墨昭就要掉进水中，“告诉你，对小落客气点，不然有你好看！”

好嘛好嘛！沈墨昭真心觉得苏小落是个好欺负的主儿，可她身边的这个妹纸却十分难对付，她强势得像一块挪不动的磐石，尤其当沈墨昭对小落厉声呵斥的时候，她在任何时候都会站在小落的身旁。

沈墨昭向后退了一步，只能认输，“好！我说不过你俩，你们都是对的，我的认知有问题！如果你们把他当成友人，那么我宁愿一个人走！”

“你走，你走啊？没有我们看你能走到哪儿去！”当当才不会惯着这个大少爷，她字字珠玑令沈墨昭哑口无言。

沈墨昭叹了一口气只能认输。他真的意识到自己有多没用，除了能够做好少爷的本分，恐怕他真的一无是处，所有的事儿都要借助别人的能力，如果离开了他们，他连最起码的生存都没有办法保障。

“算了，不和你们理论，我去找地方睡觉！”沈墨昭推开当当向林子走去。

小落有些不好意思地对当当说：“这样不好吧？他真的会要性子离开的！”

当当才不以为然，“他不会！他不像你那么傻！离开了我们，他能做什么？”

苏小落看着他消失在黑夜的背影，心里竟然莫名地疼痛了起来。

“他这样真的没问题吗？”

经过几天的接触，小落突然觉得沈墨昭的内心成长了，似乎没有先前那么执拗，至少能够听从她们的劝说了。

“没问题，他会好起来的！”

Vol. 3

悠远而古老的森林，所有的树木都如骷髅一般，静谧得只有

月亮缓缓地移动似的。也许这是属于黑暗的天堂，以至于即使有月光的抚慰也仍显凄凉；也许这是孤寂的灵魂所在地，以至于即使有太阳的普照，也仍显寒冷；又也许这是树木的永久乐园，因为只有这样树木们才能免受人类的滋扰而生长……

月亮缓缓地从树梢爬下去，一缕阳光从浓密的树叶间照耀下来，投射在满是石子儿的土地上，也照在了三个孩子稚嫩的脸庞上……

小落伸了一个懒腰，推了推躺在身边的当当，却发现沈墨昭竟然不见了。

“当当，快起来！沈墨昭不见了！”

当当哆嗦了一下，一个鲤鱼打挺蹿了起来，“什么？那么大个人怎么会不见呢？”

可当当清醒过来之后真的没有找到沈墨昭的身影，他难道真的凭空消失了吗？苏小落开始懊恼，他难道真的是被昨天晚上的那个男生掳走了？可怎么连一点响动都没有呢？

“会不会他自己先去找缪壬教授了？我们去林子里找找看吧！”当当提议，可小落却有种极其不祥的感觉。

小落站在岸边的沙滩上，向远处望去，只看见白茫茫的一片，水面和天空合为一体，分不清是水还是天，在娇艳的阳光照耀下，像片片鱼鳞铺在水面，又像顽皮的小孩不断向岸边跳跃溅起的水花，发出“哗……哗……”的美妙声音，扰得她心里更加凌乱。

“走吧，希望沈墨昭不会走得很远。”虽然小落嘴上这么说，可心里已经有了另外一种打算。

当当拿起小落的背包，叫上依然在睡梦中的阿喵，一起上路寻找。

郁郁葱葱的红树林婀娜婆娑，风光旖旎，在湛蓝色的水域中，浮动着墨绿的树冠。袅袅的雾气，从绿树中缭绕而出，水将森林串联成大块翡翠。这些红树林长得枝繁叶茂，高低有致，色彩层次分明。翠碧剔透的水，在绿林中交错纵横，微风吹过，白色的水鸟掠起一片……

这么奇妙的美景令人迷醉，可却和之前小落见过的有些不同，她扭过头对当当说："昨天有这种红色的树吗？"

当当已经没有什么印象了，只是模糊地说："有吧？树又不会长脚，怎么会随意走动呢？一定是你记错了！"

苏小落揉了一下头，她明明记得昨天没有这么多的路，可今天怎么……

"不对，这里绝对发生了一些奇怪的变化！"小落非常确定，她停住了脚步，把阿喵抱了起来，对它说道："阿喵，你闻闻地上的气味，看看能不能发现沈墨昭身上的气味，我觉得不能完全相信我们的眼睛！"

听了昨晚沈墨昭的批评，小落也吸取了经验，她不能总是凭借直觉做事，应当设身处地地为别人着想。

阿喵很是不情愿地从小落的身上爬下来，它的嗅觉已经逐渐开始退化，虽然没有狗鼻子那么灵敏，但为了小落它还是要尽全力去寻找。

阿喵在地上闻了很久，总算是找到一点线索，它跟随着这种气味一直走下去，可竟然却被一条路挡住了去路，它奇怪地抬起头看了看，绕过了大树继续寻找，气味竟然穿过了这棵树，在树

的另一端依然还有味道。

“奇怪……”阿喵摇晃着头，觉得这里好奇怪，但也没有停下脚步，继续向前走，可走了没走几步，又遇上了同样的怪事。

“落落，大树会走路的!”阿喵终于忍不住喊了出来，苏小落急忙蹲下来敲了它的头，说道：“胡说！大树是有根的，它不会走路!”

阿喵感觉自己受到了伤害，可是这个大树真的明明会动哎。

当当听阿喵的阐述之后，对这里的地形仔细地研究了一番，她真的发现了这其中的奥妙，似乎正如阿喵所说，这个树真的会移动!

“小落，阿喵真的没有说谎，你看地上的形态!”当当把小落从地上拉起来，让她仔细地观察地上的石子儿。

苏小落怎么都不是一个有艺术细胞的人，任凭她把地都要看穿了，竟然看不出其中有任何奥妙来。

“怎么？地上的石子儿一直都很错乱的，有什么奇怪?”

“当然奇怪了!”当当指着地上一堆堆的石子儿，“看到了吗？这里的土质很新，而另外一边却堆满了石子儿，你看几乎是所有的树都是如此，难道这是巧合吗？你认为石子儿也会选择太阳大的地方堆放?”

苏小落这时才注意到，原来是如此，可这和沈墨昭的丢失有什么关系呢？

“可……”

“我觉得沈墨昭并没有被人掳走，而是因为树体的移动，在树林中迷失了方向，所以才找不到回去的路!”当当的推测很有道理，可问题是现在应当怎么找到他。

当当蹲了下来抱起阿喵，对它说道："阿喵，现在我们已经失去了方向感，你一定凭借着你的嗅觉来找到方位，不然一会儿我们都要迷失在这里了！"

阿喵被当当抱在怀中，忽闪着大眼睛卖萌地看着可怜的当当，它还在喃喃自语地说道："事态真的有这么严重吗？落落……怕怕……"

苏小落的嘴角抽搐了几下，她根本都没有把事态考虑得这么严重，可既然当当已经提出了解决的方案，她照做就是了，只不过是苦了阿喵的鼻子。

阿喵重新被放到了地上，它开始进行狗一样的生活，看来这次回去之后，它有段日子不会出门了。

小落看着阿喵可怜的样子有些心疼，可为了沈墨昭的生命安全着想，她还是坚持……

Vol. 4

当当和小落跟随着阿喵的脚步一路前行，她们竟然发觉路越来越崎岖，两极化的情况也越来越严重。阿喵不断地撞树令小落更加担忧，她恐怕阿喵的味觉会出现问题，让她们陷入更加危险的境地。

"阿喵，真的没有问题吧？"小落在它的身后关切地问。

阿喵甩了甩身上的土和灰尘，哼了一句："没问题。"可当它说这句话的时候，小落已经意识到阿喵有些不对劲儿了。

“当当，阿喵的嗅觉已经发生了问题，我看咱俩还是另作打算好了！”小落附耳说给当当听，当当显然没有放在心上，继续向前走着。

早晨的朝露已经渐渐退去，从叶子间滴落的水滴时不时地滴在小落的身上，偶尔也会滴到她的额头，凉凉的沁入心中。

可突然间有一滴黏糊糊的东西掉在了她的头上，令她全身觉得难受，她伸手摸了一下，“啊……血啊……”

苏小落确实吓了一跳，一滴滴的血竟然滴在了她的头上，她退后了两步之后才看清楚，原来之前的地上已经有了血迹，只不过是他们并没有注意到而已。当当帮小落把头上的血迹擦干净，抬头向树上看去。

浓绿色的树叶遮挡着视线，令小落和当当没有办法清楚地看到上空的情况，可既然上空能有血液滴下来，那么一定是有什么动物或者是人受了伤。

“小落，你在这里等着我，我上去看看！”说着当当从腰间掏出绳索跳上树。

她这个永远都闲不住的性格，令小落羡慕不已。看到当当在树上窜来窜去的，她的心也跟着揪了起来。

“找到了吗？”小落在树下喊着，可当当没有做任何回应。

五分钟之后，从树梢的位置小落看到了一个物体在移动着，虽然行动很缓慢，但它确实是扰乱了树叶的安静。

“当当，你看树梢上的是什么？有东西！”小落指着看到的位置喊着，“快看，它又动了！”

当当顺着她指向的方向看了过去，的确是有一个东西在缓慢地移动着，她慢慢地靠近了过去，终于看清楚了。

“是风神，风神受伤了！”当当迅速地移动过去，把风神从树梢上取了下来，把它安置在背后用绳索固定，缓缓地从树上爬了下来。

“风神……”小落跑了上去，看样子它的伤势还不轻，“看它的伤口就知道一定发生了打斗，可沈墨昭呢？他究竟在哪儿？”

当当把风神放在地上，安抚着小落的情绪，让她不要过多担心，风神受伤不一定代表沈墨昭也会受伤，现在要把沈墨昭找到才是最重要的。小落看到风神受伤有些乱了阵脚，甚至开始胡思乱想起来。

“真是的，突然之间缪壬教授不见了，过了一个晚上沈墨昭又不见了，这究竟是发生了什么事儿啊？我……”小落急得都要哭了出来，她从来都没有感到如此无助过，“这如果让夏白梦知道了，她一定会宰了我的！”

虽然当当不知道小落说的夏白梦是谁，不过她现在已经知道了沈墨昭在哪儿，当当并没有动声色，而是再次爬上了树，她不想惊动小落，唯恐她会尖叫。而当当动身的时候，小落并没有注意到，她把所有的精力都集中在了风神的身上。

阿喵也凑了上去不断地舔舐着风神的伤口，风神趴在地上一动不动，哀怨地看着天空，似乎有什么东西牵引着他。

“风神，可怜的风神，你们究竟经历了什么，怎么会受如此严重的伤？”小落蹲下来轻轻地抚摸着它身上的羽翼，看它伤口还不断地滴血出来，她的心也揪着难受。

“动了，动了！”阿喵在小落身旁不断地叫着。

小落奇怪地盯着风神说：“它没动，它已经受伤了，动弹不得！”

“不，是树动了！”阿喵拽着小落的裙摆，让她转向另一边，小落刚回头就吓了一跳。

“这……”

这种景象确实很惊人，所有的树都好像是在跳舞般，有规律地向一个方向移动，有一分钟的时间之后，它们又停止了活动。

“好恐怖……”小落咂舌，她赶快把阿喵从地上抱了起来，“这种地方还是躲躲为妙！”

可到处都是树，难道是让她爬上树吗？她又不是当当，怎么可能爬得上去呢？

“对了，当当！当当去哪儿了？我有一会儿没看到她了！”苏小落四处张望，可周围都是空荡荡的，连个人影都没有见到。

“树上！”阿喵提醒了她，她抬起头，眼看着当当的背上背着一个人，她吃力地向下爬着，“当当，是沈墨昭吗？”

当当已经没有力气说话，只顾着向下攀爬，马上就要到主干的位置了，当当全身倾斜了一下，险些没从树上掉下来，让小落弱小的心脏承受着如此猛烈的刺激。

“小心！”小落为她捏了一把汗，不过靠近之后她终于可以确定，这确实是沈墨昭，他的身上也受了不少的伤，小落的心中更加迷惑起来，究竟发生了什么能让他俩都受到如此的重创？

当当顺利地把沈墨昭从树上解救下来，她喘了一口气之后才缓缓地说出了事实。

“其实刚才我就察觉到地上的树已经开始动了，而因为树下动的缘故，树上某些部分就凸显出来，我看到了沈墨昭的胳膊！因为怕你害怕尖叫，就没有惊动你。还好沈墨昭只是受到了外伤，并没有什么大碍，等他醒了应当就没事了！”

当当说得倒是很轻松，可小落的眉头却越皱越紧，她依然在担心沈墨昭的伤势，而且又让她想到了缪壬教授。

“当当，你说缪壬教授会不会也被藏在了树上，而被我们没有及时的发现？”

当当点头，她很同意小落的看法，“很有可能！我们把所有的精力都集中在地上，却忘了树上还能藏人！何况这里的树和其他地方的不同，更加具有隐蔽性！能够想到这点的人，真的是十分聪明啊！”

苏小落也是这么想的，可如果真的如此，那么她们搜寻的范围变得更加广阔了起来，难度也上升到了另外一个层次。

“咳咳咳……”沈墨昭身体一震，他醒了。

Vol. 5

沈墨昭的身体受到了外界强力的摧残，身体已经严重受损，不仅身体上有很严重的抓痕，就连他漂亮的脸蛋上都挂了彩，这回看他还怎么嚣张。

沈墨昭咳嗽了几声从昏迷中醒来，他紧紧地抓住了小落和当当的手，眼神爱怜地盯着风神，半天没有说话。

小落把注意力全部集中在他的身上，看着他痛苦的样子，小落愧疚不已，嘴上却也难免责问：“谁让你独自离开了？不是说好一起找缪壬教授吗？你怎么变成这样？遇到什么危险了？风神怎么也会受伤？这究竟是怎么一回事儿？”

小落一口气问了好多问题，沈墨昭的身体还没有恢复，他根本没有力气回答。当当推了一下小落，让她顾忌一下沈墨昭的伤势。小落自知是有些过分了，收敛了一下，轻轻地帮他擦拭着伤口。

“好嘛好嘛！就当我刚才什么都没有问，可……”小落把后半句话硬生生地憋了回去，“伤得好严重……”

当当从口袋里拿出牛皮水袋，喂沈墨昭喝了点水，他才看起来有点儿精神了。

他坚持从地上坐了起来，长叹了一口气对小落说道：“快去，快去救教授！他被困在树上了！”

“啊？在哪儿？”苏小落蹦了起来，仰着头不断地看着浓密的树叶，却依然找不到任何线索。

“你们再往前走，他被人带走了！我和那个人发生了正面的冲突，风神帮我的时候也受到了重创，我被他抓住也困在了树上，之后就昏迷了……”沈墨昭忍不住地再咳嗽了几声，“不过你们要小心，他也养了一个宠物，是一只比风神还要勇猛的雄鹰，我身上的抓痕都是它造成的！”

“原来如此！”小落感叹着，她把当当拉起，“走，我们去看看！”

“小落……小落……”当当被她拖着，可心里却一直有个疑问，“把沈墨昭自己放在这里好吗？会有危险的！”

“会吗？”小落并不是这么想的，她继续拖着当当往前走，“既然他没有死，那么就说明和他交锋的人不会要了他的命，所以他在这里是安全的！可是缪壬教授年纪已高，如果我们再不去相救的话，恐怕出人命的就是他了！”

“可……可你也没有必要拖着我啊！”当当十分不快，这个女生什么时候变得如此霸道，“喂……放开我……”

小落的嘴角露出邪恶的笑容，她才不会放手，如果放了手谁爬上树去救人呢？苏小落虽然胆子大，但绝对不代表她是一个全能选手。

“喂……苏小落！”任凭当当怎么吼叫，小落完全当作没有听见，只要把她拽到事发地，那么她就算大功告成！

不知走了多久，小落突然停住脚步，这里似乎和之前遇到沈墨昭的地方很相似，竟然也会有同样的变化。

“当当，快过来帮我分析！”小落盯着地上不规则的形状开始研究，可这个笨脑子的小落竟然什么都找不到。

“分析什么啊！人明明是在上面，你看地上有什么用！”当当仰起头看着上空的树枝树叶，终于在树叶的夹缝中发现了一个人的胳膊，“看，是不是那个人？”

小落一抬头就和一双眼睛对视，她吓得后退了两步对当当说：“是……是……快去救他！”

当当心中满是牢骚，这个臭女人啊，为什么每次都让她上？不过这也就是想想，谁让她是自己的死党闺蜜呢？危险的事儿她来就好了，让小落上去就是给她添麻烦！

“你等着，我马上就回来！”当当一甩胳膊，就上了树，她顺着绳索利落地爬了上去。

有了上次救沈墨昭的经验，小落也没有那么紧张，只是抓紧了裙摆盯着当当一步一步地背着教授从树上爬下来。

缪壬教授也处于昏迷的状态，他应当是受到了强烈的刺激，但身上没有任何伤痕，这要比沈墨昭的状况好得多。当当从树上把他背下来之后，给他喝了一些水，教授也从昏迷的状态渐渐醒了过来。

缪壬教授醒来的第一句话就问沈墨昭的情况，眼中充满了泪光，心里充满了对沈墨昭的疼惜。

“沈墨昭都是为了救我啊……这个孩子……”缪壬教授坚持站起来要和他们一起走回去，可小落和当当心疼他，帮他做了一个简单的担架，抬着缪壬教授回到了沈墨昭的身边。

沈墨昭见到缪壬教授总算是舒了一口气，整个人瘫软了下去。

“还好，还好把两个人都找回来了！虽然沈墨昭身上受了伤，不过他怎么都是一个男生，很快就会好的！”苏小落庆幸着，尤其是看到沈墨昭欣喜的表情，她的心顿时也安定了下来。

“小落，沈墨昭的伤势真的没有关系吗？我们要不要找些草药帮他敷上？”当当还是有些担心，“毕竟这是鹰爪的抓伤，如果感染了，那么就不得了了！”

苏小落看看沈墨昭的伤势，几乎都是皮外伤，而且他也没有发烧的迹象，应当不会有问题，索性也没有放在心上，可令小落担心的是另外的一件事儿。

“我们现在最大的问题就是，要继续在这里养伤，还是要向前走寻找出口？”小落更倾向于第二种，在这里太危险，随时都有可能出现变数，除非他们离开这里才能够安全。

5 跳舞的树

而沈墨昭从地上爬起来，按着小落的肩头，十分坚决地说道：“我们不能再在这里等，只能继续前进，不过我没想过要找出口，我想把缪壬教授安排的假期作业做完！”

“做完？你疯了吗？我们现在伤的伤，残的残，哪儿还有能力继续前行？除非你认为真的还有奇迹出现！”

“没错，我就是相信！”沈墨昭的眼底充满了血丝，他看了一眼坐在另一端的教授，心里由然升起了一丝敬佩，“因为听了你的话，我觉得我们应当完成缪壬教授的嘱托，成功地完成这次的假期作业！”

苏小落紧闭着双眼，她的内心一阵纠结。

“好吧，我同意你的说法！”

“疯了，疯了，全都疯了！”当当真的不理解他们的想法，她不想再和他们疯下去，可看到憔悴的小落又心生怜悯，“既然要疯，那么我也和你们一同上路！”

6 勾魂猴子

用肢体的语言去表达我们之间的情感，你不放手，我不放弃。

用身体的感知去诉说我们的情谊，你在前，我在后。

携手。

Vol. 1

太阳逐渐从东方缓缓地升起，时间已经从清晨转到中午，烈日当空之下，小落和当当带着沈墨昭和缪壬教授离开了邪恶的小岛。

他们想尽快逃离那个恐怖的地方，在那里不仅有追逐他们的黑衣人，还有鬼魅会跳舞的树，人在那里随时都会迷路搞不清楚方向。

6 勾魂猴子

苏小落听了沈墨昭的意思，继续前行，还好他们现在有缪壬教授做指导，总算不害怕迷路了，可这毕竟是原始的森林，里面有太多太多的奥秘没有被人挖掘，也有很多是缪壬教授没有发现过的。

水域从浅浅的碧绿色逐渐开始加深，到了水域的中央变成了浓密的墨汁颜色，深得令人觉得恐怖。

“这真的没有问题吗?”小落不记得昨天是怎么从这里走过，也由于是晚上的时候根本没有办法判断清楚水的颜色，可看清楚之后，她心里发憷。

缪壬教授坐在她的身旁，抱着阿喵缓缓地说道：“真的没关系，水的颜色是按照深浅的比例来参照的，我们现在的位置应当是整个森林中水域最深的地方，所以颜色也比较深，你放心撑筏子就好!”

竹筏顺水而下，幸好水流并不是很急，也能够让她顺利地掌控着。

“你看，那是什么?”当当踮着脚尖向水的另一端看过去，那好像是一只船!

当当欣喜若狂，似乎看到了他们的希望，而坐在她身边的沈墨昭却不以为然，冷冷地泼上了凉水说道：“如果你不想让我们陷入困境，最好选择不要过去!”

当当不明白沈墨昭的意思，她只希望在这茫茫的水域中能有一根救命的稻草，不至于让他们在这里乱撞，于是回绝道：“你有你的想法，但总要顾及身边人的感受，别忘了你已经是一个病人!”

当当毫不留情，甚至是在戳着沈墨昭的伤口，并在“病人”两个字上狠狠地用力说，似乎要把他活生生地吞下去！

当当并没有按照沈墨昭的意思去做，反而是撑着筏子向大船走去，那艘船对她们来讲还真是豪华啊，比沈墨昭的要漂亮很多，最重要的就是它看上去就是一个女生的，装扮得十分女性化，船体都是花瓣粉的颜色。

“这……”苏小落愣了一下，难道说真的是冤家路窄吗？竟然在这么大的森林里还是遇见了！

从船舱里里探出一个小脑袋，她瞪了一眼后面的苏小落，迅速地从船舱里走出来，蹦跳着站到沈墨昭的面前，羞涩地说道：“沈墨昭，能在这么大的森林里遇见，我们还真的很有缘分啊！”

夏白梦总是喜欢用这种无聊的方式来和沈墨昭搭讪，可沈墨昭竟然连看都没有看过一眼，扭过头对苏小落说道：“小落，我们还是尽快离开吧，遇到这种人还真的是很晦气！”

沈墨昭还没等做出任何动作，从船舱里钻出的另外一个女生跳上竹筏子，一把拉住了他，“沈墨昭，我们大小姐在这里已经等你们很久了，好不容易见到你，怎么能够把你放走呢？”

夏白梦掩口而笑，眼睛中荡漾着春桃，她真的很喜欢沈墨昭，而且既然都已经相遇，她也不再羞涩。

“小蕊，小心些！墨昭的身上好像有伤呢！”夏白梦已经注意到他身上的凌乱，还有较深的伤口，令她触目惊心。

小蕊搀扶着沈墨昭，把他从竹筏上带到大船，夏白梦命令小蕊拿出医药箱帮沈墨昭处理好伤口，三个人消失在船上钻进了船舱中。

6 勾魂猴子

“这个……这个人……”当当还想发表一些言论，可还没等说，几个人已经消失不见，“小落，她们是谁啊？怎么……”

小落也想上去把沈墨昭抢回来，可夏白梦大小姐的优越病已经让她吃尽了苦头，她索性也不去争抢什么了。

“算了，让他们去吧！”苏小落想了一会儿，再看看缪壬教授身上的伤势，对这次的出行已经感有些失望，“既然沈墨昭决定要继续探险，那么我们和缪壬教授回去吧！教授的伤势也不轻，我怕他会受不了！”

缪壬教授仰起头，透过阳光的投影，看到小落坚毅的脸，她的眼中还噙着泪花，似乎是受到了委屈的小女孩。

“小落……我没事，要不然我们一起向前走吧？”缪壬教授强忍着身体上的疼痛，他不想因为自己而伤害到小落的内心。

可小落偏偏是个执拗的孩子，她一直都会站在别人的角度上去想问题，何况教授还是个年迈的老人。

她坚强地抹掉眼中的眼泪，伪装自己的感情，露出灿烂的笑容说道：“没关系的，只要沈墨昭觉得好就没问题，我无所谓的！”

“真的无所谓吗？”当当站在另外一个竹筏上，看着已经重伤的风神，又看了看漂亮的大船，“如果真的无所谓的话，那么我们为什么要做这么多事呢？这不是自己找苦受吗？”

小落心里某个角落突然酸疼了一下，她在心里反问自己，真的没有关系吗？她看着那对于她来说深邃的船舱，嘴角边依然露出了苦涩的微笑，或者真的是没有关系吧，沈墨昭已经进去了不是吗？

“我们走吧，不要赖在这里，被人家看笑话不好！”小落撑开

竹竿，刚刚准备调转方向，夏白梦从船舱走了出来。

她优雅地站在阳光下，光鲜的外衣下包裹着一颗邪恶的心，就连她的笑容都变得那么虚伪。站在船头俯视着小落的她，高傲的样子令当当心生厌恶。她矫揉造作地拿捏着姿态，每一个动作在她们的眼中都是虚伪的。

夏白梦好心开口说道："难道就这么走了？你们的竹筏子是撑不过去的，越向里水越深，难道就不怕在里面翻了筏子，连小命都没有了？"

苏小落看了看来时的路，难道他们真的要原路返回，可想到险恶的鳄鱼潭，还有泥泞的沼泽地，她的心就开始后怕起来。

"你也不用想走回头路，如果不怕死的话。"她邪恶的笑容终于在脸上绽开，沈墨昭从船舱里走了出来，一把拉过夏白梦，他狠狠地瞪了她一眼，对小落说："你们都上船，我们借用她的船走过这一程！"

"真的？"当当雀跃着，还没等夏白梦开口，她已经跳上了大船。

苏小落满头黑线，这个女子啊，真像个爷们！

Vol. 2

苏小落不想和夏白梦这个女生有任何牵扯，可碍于沈墨昭的面子，她又不得不动身。还没有等小落跳上栈板，从夏白梦的船后探出了另外的一条船。

"昊轩？"苏小落的眼中放射着各种光彩，她终于可以摆脱夏白梦的白眼，也不会在她的淫威之下 令自己有种挫败感，“昊轩，你怎么才来？你不应当……”

“先别说，上来吧！”昊轩把船开了过来，上前一把拉住小落的手，把她拽上了他的船，并且瞪了沈墨昭一眼。

沈墨昭蹙紧了眉头，刚把夏白梦搞定，又跑出来个昊轩，这两个人难道都和他作对不成？他盯着笑容灿烂的昊轩，他的脸却苦得像一摊被人踩烂的泥巴，整个人瘫软了下去。

“小落和夏白梦不是一个世界中的，还是让她在我这边比较安全！”昊轩绽开的微笑令小落心暖了起来，在这种令她困扰的时候有人出手相助真的太幸福了。

苏小落看得出沈墨昭心里不舒坦，可就算是不舒坦，她也不想和夏白梦在一个船上，那会令她感到更加尴尬。

“放心，只要到了安全的地方，我会主动要求下去的，我还是比较喜欢自己撑着竹筏，那样才是我快乐的生活！”小落给沈墨昭吃了一颗定心丸，让他不至于会胡思乱想，可小落在这个看上去阳光的男生的光环之下，沈墨昭的心就会觉得不安。

“你……”

“你不用说让我别担心的话，我会照顾好自己的，你还是进去好好养伤好了！”小落丢给他一记灿烂的微笑，转身走进了船舱之中，“当当，你记得要好好照顾他！”

当当瞪大了眼睛盯着小落，她刚要说到另一个船上，小落就无情地把她抛弃了，“小落……你……”

“好了，就这么决定了！”小落已经钻进了船舱，让当当和沈墨昭没有任何回驳的机会。

昊轩把小落的竹筏栓在了大船上，他们向着安全的地方开去。

小落透过船舱的小窗子看向外面的风景，眼看着远去的树林在她眼里渐远，在船尾漾出一道白色的水花，这种景致是她从来都没有见过的，她满心喜悦地看着水花翻滚着，嘴角露出幸福的笑容。

“小落，你们怎么走到这里了？这里可是禁区，这万一发生危险怎么办啊？”昊轩靠在木质的靠背上问道，满脸竟是疑惑的神色。

小落从窗外把目光收了回来，叹了一口气，她也不知道应当如何解释，可就算解释得明白又能怎么样呢？想想还是算了，反问昊轩道：“那你们又是怎么来到这儿的？既然你知道是禁区，怎么还闯进来呢？”

昊轩抿着嘴笑了，阳光般的笑容驱走了小落心中的疑团，他指了指小落已经有些脏的裙摆，继续说道：“还不都是因为那个有大小姐病的夏白梦！如果不是她一意孤行，我也不敢闯进这禁区，她也不解释为什么要来这里，可哪儿知道来了竟然遇上了你们！”

疑问在小落的脑海中转了一个圈，没想到夏白梦还有这种心机？难道说他们之前遇到的困境，都是这个小妞儿做的怪？

“那你们也刚到吗？之前我们都没有见到你啊……”

“是啊，我开船的技术不好，要不是为了追上夏白梦，恐怕我还在后面晃悠呢！”昊轩天真的脸上绽出笑容，令小落的心里舒服了很多。

按照昊轩说的，所有的矛头全部指向了昊轩，尤其是看到他一脸无辜的样子，让小落更加确信，这所有的一切都是夏白梦的阴谋诡计。

小落再向前看去，夏白梦的船在前方开得确实很快，他们的船已经和他们有了一定的差距。

“那我们这是跟着他们要去哪儿呢？你们来的时候有没有遇到危险？”小落其实关心的还是后面这个问题，“而且……你们有没有遇到一些黑衣人在跟踪你们？”

昊轩听了小落的问题，脸上原本灿烂的笑容也变得尴尬起来，他支吾着说道：“这……我们这也不是拍电影，哪儿有那么多的惊险啊！不过我们倒是找到了很多缪壬教授留下的小礼物！”

这是小落已经设想到的，既然夏白梦都可以知道在这里等到沈墨昭，那么她还有什么做不到的。苏小落想着想着，就出了神，昊轩在她面前晃了手，好一会儿她才回过神来。

“嗯？”

“我刚才问你呢？你们找到了多少缪壬教授留下的礼物啊，我怎么没看到你们拿？”

提起这个苏小落就是一肚子的气，她现在不怪夏白梦都不行，如果不是她从中作梗，恐怕现在她和沈墨昭已经在回程的路上了。小落苦笑了一下，心里满是憎怨地盯着夏白梦的船，却又不能把满腹的牢骚对昊轩说。

“也不知道是不是我天生愚笨，竟然只发现了那双手套，可惜在救沈墨昭的时候牺牲了！所以……我们现在什么都没有！”

这令昊轩感到惊讶，苏小落和他们这些公主少爷相比起来，她可以算得上是智慧与美貌并重的女生，可竟然一个都没有令他十分吃惊。

昊轩想了想，想要帮小落挽回一些面子，对她说道："要不然……要不然我们单独行动，我带你去找缪壬教授的小礼物，让他们先行去安全的地带？"

苏小落猛然抬起头，昊轩如此认真的样子并不像逗弄她，可沈墨昭的身上还受着伤，缪壬教授也在夏白梦的船上，这让她有些不放心。她戒备着试探问："这样……这样不好吧？"

昊轩故作神秘地说："这有什么啊，难道你甘心什么都没有找到就回去吗？是不是有种挫败感？"

昊轩一语中了小落的下怀，她空手而回确实令她心中不甘，可就算心中不甘又能怎样？她真的要把沈墨昭丢弃，和昊轩独自上路？

"我……"小落想要推辞昊轩的邀请，可昊轩竟然没有征得小落的同意，走出船舱，调转了方向，向另一个地方开了过去。

"昊轩，你这是……"小落不理解昊轩的意图，想要上前阻止，昊轩拉开小落的手，非常认真地说："既然你不能决定，那么我来帮你选择！"

"哎……可是……"小落心里依然不能平静，可昊轩已经调转了方向，她眼睁睁地看着和夏白梦的船分成了两个方向。

船尾荡出的水花让小落进入了遐想，过了差不多两分钟，突然发生了戏剧性的变化，夏白梦的船竟然也调转了方向，追了上来。

Vol. 3

昊轩把船停靠在了岸边，茂密的森林中发出怪异的动物的声音，这声音听上去让小落觉得既耳熟又陌生。

她从甲板上跳了下来，放眼望去竟然看不到森林的另一侧，看来这又是一场无休止的战斗，她什么时候才能从胜利的顶端走回来呢？

“昊轩，要不然你在这里等我好了，我探探路就回来！”苏小落经历了几次的危险之后，心里已经有了阴影，她不想让这么阳光的男生和她一起遭遇不测，何况黑衣人只是针对她，她也不想把昊轩牵扯进来。

昊轩却不以为然，他也想和小落进入森林再感受森林带给他的快乐，可当他们还没有决定，沈墨昭和夏白梦的船也悄然而至。

沈墨昭忍着身上的疼痛从船上追了下来，拉住苏小落，严厉地呵斥道：“你知道这里是什么地方吗？你怎么会自作主张和他来这种地方呢？快跟我回去！”

小落不愿和沈墨昭发生任何正面冲突，这更会引起夏白梦的嫉妒心，她甩开沈墨昭的手，拉着昊轩对他说：“我们走，我一定要找比你们还要多的胜利品！”

沈墨昭不明白苏小落这是怎么了，刚刚还很照顾他的人，转眼间竟然和另外一个男生站在统一战线上，这明摆着令他难堪。

“苏小落，如果你今天敢离开这儿，那么我们永远都不是朋友！”

苏小落转过身，强忍着眼中的泪水，哽咽着说了一句：“我们什么时候变成朋友了？你不是和我一直都在敌对吗？你和夏白梦才是朋友，而我只是你的同学而已……”

“你……”

沈墨昭要被这个女生气死，他脸上、脖子上的青筋爆动着，好像下一秒他所有的脾气全部都要爆发出来，而小落在他脾气还没有完全凸显的时候，便消失在他的面前。

“唉……这孩子怎么如此固执呢?”缪壬教授还没开口说话，小落已经跑掉，“这里可是个是非之地，小心为妙啊!”

沈墨昭转过身问教授：“这里怎么了？难道真的有您说的那么恐怖吗?”

缪壬教授轻轻地点点头，他仰着头向树上看去，偶尔还能见到几只猴子探头出来，他深吸了一口气，“这里是迷猴岛。这个迷猴并不是我们说的猴子种类的一种，而是说这种猴子有一种很特殊的能力，就是迷惑人的心智，只要中了它们的这种迷魂方，它们让你做什么，你就要做什么！甚至从这里走出去的人，可以丧失理智……”

沈墨昭大吃一惊，他在水漫城堡住了15年，从来都没有听说过还能有蛊惑人心的猴子！他看了看小落离去的方向，更加担心起来。

“不行，既然这样，我就更加应当去找小落，如果她发生意外的话，我也能平安地把她带回来!”沈墨昭强忍着身上的伤口疼痛，不顾夏白梦的感受，拼了命也要去找小落。

“沈墨昭，那个草根妹不要命，难道你也不要命吗？你忘了，你的命还有我的一半呢?”夏白梦嗲嗲地说话，令沈墨昭鸡皮疙瘩都掉了一地，她还想要上去纠缠，当当挡在了两个人的中间，插话进来：“贫民怎么了？就算是我们没有钱，可我们也是人，我们也有生存下去的权利，沈墨昭去救小落，这次才是一个男生应当有的担当，才是一个真正的人，而你又算是什么？除了会装嗲卖萌，还会什么？说实话，你都不如苏小落的那只猫，它在遇到危险的时候都能够帮忙，而你只会落井下石！”

当当的话真是够犀利，把夏白梦说得一句话都没有，这些话足够能够彰显出夏白梦的自私。站在夏白梦身后的小蕊却站出来想为她辩解，她还没等开口，沈墨昭上去就把她推到一边，警告她道：“告诉你，我已经忍你很久了，不要在我生气的时候惹我！”

小蕊自知沈墨昭在夏白梦心中的地位，她当然没有说话的权利，可她很奇怪，沈墨昭这次出行之后和之前竟然大相径庭，性格和品性竟然发生了如此之大的变化，他们之间究竟发生了什么事儿？

当当跑到缪壬教授的身边，虚心地请教他问题：“教授，既然我们知道这种猴子的威力，那么有没有什么能够避免被它们迷惑的秘诀？”

缪壬教授点点头，“当然有！它们主要是从眼睛中放射出一种很强大的脑电波，这种电波能够强有力地破坏人脑的磁场，令人失去理智！其最有效的方法，也是最简单的方法，就是千万不要看它们的眼睛，只要避免和它们的目光接触，那么就能够顺利地离开这里！”

当当和沈墨昭已经领会到了其中的秘诀，他们才不管夏白梦究竟要不要跟进去，他们却是马不停蹄地向前追赶苏小落和昊轩的身影，唯恐他们会在里面遭到猴子的攻击。

而夏白梦只能眼看着沈墨昭从她的身边离开，自己竟然没有一点办法。小蕊在她身后小心提醒：“梦梦，难道你真的要让沈墨昭和那个草根女做朋友吗？你就不怕……”

夏白梦微垂着眼帘，她怎么能不怕，如果她不怕的话就不会如此紧张，她摸了摸手腕上的手链，还是决定应当一起进去才对。

“小蕊，我们也去！”夏白梦已经做好了所有的心理准备，只要有一丝希望，她绝对不能放弃，“缪壬教授，您在这里休息，我和小蕊带着蜥蜴醉锦一起去找沈墨昭，千万不要离开哦！”

缪壬教授点点头，他这把老骨头，现在已经没有任何力气和这些年轻人折腾，就任凭他们在森里里翻滚吧！

Vol. 4

苏小落和昊轩起初走得很快，渐渐地他们的脚步就慢了下来，如果走得太快就看不清楚两边树上的情况，也会忽略掉很多细节。昊轩跟在小落的身后，夜白站在他的肩头，吱吱喳喳地叫着，让小落本来波涛汹涌的心情更加烦躁。阿喵已经没有任何力气再去厮杀，只能乖乖地趴在小落的背包里，对夜白也失去了兴趣。

小落进森林的时候有些匆忙，忘记了问缪壬教授，这里究竟有没有他留下的惊喜。她也忽视了缪壬教授放礼物的地方都是些既安全又明显的地方，比如说小落和沈墨昭进入森林的入口处，而后来他们走的路线就偏离了主题，所以才一直都不能发现礼物。而这次小落在昊轩的带领下，又走错了路，这里依然不会找到任何东西。

小落和昊轩走了一段，才发现这里真的很奇怪。小落停住脚步，问昊轩：“你知道这里是什么位置吗？怎么会带我来到这里？”

6 勾魂猴子

昊轩支吾了几声，挠着头，装作一副很无辜的样子，水汪汪的大眼睛盯着小落，小嘴嘟起，像在卖萌。

好吧，小落承认，她总是被昊轩可爱的样子萌到，已经走到这里，她也不能回头，只能摸索着继续前行。

森林里浓密的树都屹立在两旁，小落时不时地还能看到从树上露出小脑袋的松鼠，还有地上乱窜的野兔子，这些都能带给她很多惊喜。可这些并不是她想要的，树上任何提示都没有，只有动物在远处观望着。

走了很久，小落终于想要放弃了，她也不想脱离队伍太久，不然沈墨昭和缪壬教授会担心，当当也会感到不安。

昊轩察觉到了她情绪的变化，为了坚定小落的信心，他督促着说："小落，或者下一站就是目的地了，你可千万不能放弃哦！"

小落沉住了气站在原地。起初到森林里来寻宝，她的确是想在学习上有一种突破，可一路走来她发现这其实并不是最重要的，相对于朋友的关切来说，竟然没有那么重要了。如果刚才不是和沈墨昭生气，争执之下小落不会如此鲁莽。

"昊轩，谢谢你的好意！可是我们已经走了很远，竟然什么都没有发现，估计缪壬教授根本还没有来得及到这个小岛呢，所以还是……"

"不要啊！你看！"昊轩从他的口袋里拿出一个闪亮亮的东西，还有一条很艳丽的丝巾，"这都是我在树林中发现的，难道你不想和我一样拥有这些战利品吗？"

小落确实很喜欢他手中的东西，可战利品是要她自己获取才是最有价值的，昊轩手中的都是他得来的，她还是低下了头，想了想，“算了……我们还是回去好了！”

“小落……”昊轩对她所有的热情都被她的一句话浇灭，所有的热情全部消失不见，“你怎么能……”

“是啊，她怎么能这么快就放弃了呢？”从他们身后追上来的沈墨昭和当当已经赶到，沈墨昭总是会出言伤害到小落，却不知道她一心想要回去照顾他。

小落有些吃惊，她以为沈墨昭和当当不会追来，可事情竟然和她想得完全相反，“你们……你们怎么会来呢？难道把缪壬教授扔在岸边了？”

当当跑过来拍拍她的肩头，给了她一个确定的眼神，“放心好了！夏白梦和小蕊同学会照顾他的！”

可小落的心里依然还是不安，缪壬教授年纪那么大，还要和他们一起出来疯，这是很有危险性的。

沈墨昭查看了一下周围的环境，其实也没有像缪壬教授说的那么恐怖，把有猴子的那部分完全隐去，对小落说：“你还要找吗？如果找的话我们一起上路，如果不找了那么就回去，尽快离开这里！”

“既然你们都来了，那不如再找找，说不定能有意外收获呢！”小落见到沈墨昭身体已经没有关系，她也变得神采奕奕了，“当当，你说呢？”

当当始终没有说话，她皱紧眉头向树上看着，树上密密麻麻的猴子令她担心，可沈墨昭为什么会那么说呢？他已经知道这里的危险性，难道就不怕发生意外吗？

“小落，如果你想找战利品的话，不如我们换一个小岛吧，这里我觉得不安宁!”当当不敢说出实情，怕吓到她，可又不想和他们继续疯。

苏小落还是第一次见到当当这么紧张的样子，她也仰头向树上看去，“树上只不过是有几只猴子而已，你为什么那么担心？你不会是对猴子有恐惧症吧?”

当当之前对猴子这种动物并没有什么戒心，如果不是听到缪壬教授的故事，她也会觉得它们很可爱，只不过现在不同了。

“小落，我没有和你开玩笑，你听我一次好吗?”当当的表情越来越凝重，她已经看到树上的猴子开始移动，渐渐地向着他们的位置移动过来，几乎就是停留在他们的上空，“小落，别抬头，快跑!”

小落还没有搞清楚状况，当当已经拉着她的手在这条路上狂奔起来，而昊轩和沈墨昭似乎也已经感到了周围环境的异常，跟随在两个女生的身后拼命奔跑。

小落看不到树上的情况，但她可以很清楚地感受到，从他们的上空传来沙沙的响动，这像是大批动物在迁徙，响声巨大得令她的耳膜受到了刺激。她没有时间问当当发生了什么事儿，只顾着跑，而沈墨昭追了上来看了当当一眼，满脸愧疚，小落感到更加迷茫，这究竟是怎么了?

昊轩的体质比较弱，无法跟上他们的步伐，当小落听不到昊轩脚步声的时候已经晚了，她回头看了一眼，昊轩整个人已经被一群猴子围了上来，他站在原地手舞足蹈地跳了起来。而他们上空的声音已经完全停止，这时她才意识到，原来刚才追他们的竟然是这些猴子。

“当当，我们应当回去救他！不然他会被这些猴子折磨死的！”小落看得到昊轩很痛苦，可猴子确实太多了，他们三个人根本不能驱走。

“这……这应当怎么办啊？”当当也慌了神，如果刚才沈墨昭不拖延时间，恐怕也不会发生这种事情，“沈墨昭，你说怎么办？”

“怎么办？恐怕我也不知道了！”

因为从沈墨昭的身后又追上来两个人，两个令他头疼的人。

Vol. 5

“你们怎么追来了？不是说好要乖乖在水边等我们的？难道你不知道这里有危险，还是你的脑子坏掉了？”还没等夏白梦和小蕊靠近，沈墨昭已经开始发火了。

夏白梦从未见过沈墨昭发火，把她吓住了，躲在小蕊的身后。而小蕊越来越发现事态的不对劲儿，竟然会少了一个人。

“沈少爷，昊轩呢？我怎么没有见到昊轩？”她越来越紧张起来，她一直把昊轩当作她心中的白马王子，喜欢他的笑容，喜欢他优雅的举止，见不到他就会令她感到心慌。

“你的昊轩公子，正在和猴子做伴！”沈墨昭让开，小蕊清晰地看到了昊轩在和猴子拼搏，却没有办法摆脱那些猴子的纠缠。

“这……这……我要去救昊轩！”小蕊用力地推开夏白梦，这一推竟让夏白梦不小心坐在了肮脏的泥水之中。

“啊……小蕊，你竟然如此对我！你……”

小蕊已经听不见夏白梦犀利攻击的语言，心里想的都是昊轩艰难的处境，可她跑了几步竟然停了下来。就算她现在过去了又能怎样？还不是白白送死，她根本都没有能力救他，小蕊的眼泪冲出了眼眶，无力地哭了起来。

“别哭了，我们一起想办法！”小落走过去安慰她，“我也很想救昊轩，你别难过……”

“如果不是你……如果不是你，昊轩就不会陷入危险，都是你害的！”小蕊已经哭得泣不成声，“你离我远一点，我不要理你！”

小落也被小蕊推到一边，沈墨昭再次发威，吼道：“你以为你们这些小姐能做什么？如果不靠小落和当当的智慧和能力，你们别想把昊轩从危难之中解救出来！”

小蕊收声不敢再大声哭，看了看依然还坐在泥坑之中的夏白梦，不好意思地走过来和她道歉，把她拉起来。

“那……那现在应当怎么办才好？”小蕊唯唯诺诺地躲在夏白梦的身后，希望夏白梦能帮她说句话。

当当在一旁始终没有说话，盯着夏白梦身后的那只蜥蜴思索着，她突然萌生出一个很不靠谱的想法，她摸着下巴慢悠悠地说：“你们说猴子的天敌是什么？”

苏小落的第一反应就说：“唐僧……”

“去，这个时候你还想到玩！你真的疯了么？”沈墨昭也摸着下巴想了起来，“我想到了，鹰！我记得有一种品种叫食猴鹰，它能够有力地阻止猴子的侵犯！”

“去！更不靠谱！你忘了风神已经受伤了，它还在船上休息呢！难道你准备跑回去把它抱来，然后看着昊轩的尸体，对吗？”当当踹了他一脚，心里还在想着那个不靠谱的问题。

小落看出当当的意图，她也盯着醉锦看了半天，回过头问当当："你觉得……这个可行？"

当当抿着嘴，她不动声色，不敢下决定。"我……我不敢确定唉，毕竟没有尝试过，我知道熊和豹子都是猴子的天敌，可蜥蜴真的没有尝试过……"

她终于还是说出了想法，这也是他们带的宠物中最有重量级别的一个，除了风神也就是它能上去和猴子抗衡一下。

夏白梦挡在了醉锦的前面，坚决地说："不行！醉锦是我的宠物，我才不要拿去给你们用！谁知道会不会受伤？"

"看，我说得没错吧？"当当摇摇头，对站在她身后的小蕊说道，"我就说夏白梦有大小姐病，是一个只知道自己安危的人，从来都不会为别人考虑，就算同样都是上等人的你们来说，她都不愿意去救，何况还没有让她亲自上去呢！"

小蕊的眼泪一下就冲破了眼眶，她拉着夏白梦的胳膊恳求着："梦梦，求求你救救他好吗？你是知道我的心思的，我不想……"她哽咽住，不想说那些不吉利的话，可夏白梦却令她开始觉得厌恶起来，她的脾气真的不如小落那么好说话，还会帮她想办法……

"你不用说了，我不会帮你的，醉锦之前为了救我已经受伤了，万一它再受伤的话，我的心里会过意不去的！"夏白梦蹲下去抚摸着醉锦的头，看着它水汪汪的眼睛心里可不舒服，"而且醉锦也不喜欢吃猴子，你怎么能让它去做那么残忍的事情？"

苏小落终于忍不住地站了出来，她实在是受不了这个女人的尖酸刻薄，直接讽刺她说道："你觉得醉锦吃猴子残忍，那么你有没有想过，这些猴子一会儿要是把昊轩吃了，这是不是残忍？你想因为你一个人的不忍心，而去伤害了一条人命，那可是一条人命，不是一条猴子命！”

“没错，你这个病是时候诊治一下了！”沈墨昭拉过夏白梦，把她丢到一边，指挥着醉锦道，“去，把昊轩救出来！”

也不知道是不是受到了夏白梦的影响，醉锦竟然毫无反应地趴在地上，像没有听到沈墨昭的话一样。

“夏白梦，难道你的嘴是个摆设？快命令它去救人！”沈墨昭真的急红了眼，他抓住夏白梦的肩膀不断地摇晃着，夏白梦几乎要被他摇晃得散架了，“快点！”

在沈墨昭强行的逼迫之下，夏白梦才从中口说出了一些他们听不懂的语言，醉锦缓缓地向猴群移动过去。

几分钟之后，猴群中发出了惨烈的叫声，猴子四散而去，有的几乎是落荒而逃，而醉锦正抓住了一个，在地上美味地享受着猴子的大餐。当当的判断确实没错，醉锦的确是有能力驱走猴子，而且没想到竟然这么有效用。

几个人急忙跑了上去，从地上扶起已经吓破胆的昊轩，他已经昏迷了。小蕊哭得像个泪人一样，拉着昊轩的手一直不肯放开。

沈墨昭抬头看了一下树上，猴子依然聚集在上空俯视着他们，恐怕随时都有可能冲下来再次进行攻击。

“我们还是快点离开这个地方，不然我们一定会被他们扯烂的！”

有了昊轩这个前车之鉴，大家达成了统一的口径，沈墨昭背上昊轩急匆匆地向岸边走去，而醉锦则是在他们的身后。没走几

步，从树上突然窜下来一个猴子，把挂在沈墨昭腰间的那把水晶钥匙偷走了。

而夏白梦也吓了一跳，因为她很清晰地看到了上面的图腾，那可是她家杀手的图腾标志，怎么会在沈墨昭的手中？

7 水底的人

别忘了我们曾经坚信的梦想，别忘了我们曾经坚守的诺言。

就算时间的再次变换，也没有办法组当我们前进的步伐。

勇敢。

Vol. 1

能够摆脱猴子的追踪，应当是这些人的庆幸，等几个人一同奋斗回到岸边的时候，他们竟然发现了另外让他们吃惊的事情。

“缪壬教授，他去哪儿了？”苏小落十分担心地回头问夏白梦，可夏白梦却当什么事情都没有发生一样，竟然无视小落的疑问。

当当也觉得事情不太对劲儿，被拴在大船上的竹筏，只剩下了一个，另一个竟然不翼而飞了！

“小落，筏子少了一个！会不会缪壬教授自己走了？”沈墨昭也意识到了这一点，他把昊轩放在了地上，由小蕊照顾着。

“不，缪壬教授不会这么做的！”小落非常确定，并且指着地上有挣扎的痕迹说，“你看！如果是缪壬教授独自离开，地上不能有这么多挣扎的痕迹，而且地上很明显还有另外一个人的足迹。你们穿的都是运动鞋，我穿的是大头鞋，会留下很清晰的脚底印迹，而另外一个鞋底却是有着很奇怪的花纹，这可不是我们任何一个人的鞋上的！”

小落观察得仔细入微，令所有人都折服，并且她还附上了一条最重要的信息。

“缪壬教授既然能够到森林里找我们，就说明他的心里在乎我们，怕我们会出现意外，而在现在这么关键的时刻，你觉得如此关心我们的教授会扔下我们不管吗？”

大家心里都得到了一个确切的答案，而只有夏白梦站在船边说了一句：“那可说不准……”

所有人转过头看着她，那异样的目光可以直接把她杀死，令她无所遁形。小蕊也觉得夏白梦这种大家闺秀，不应当说出令人心寒的话，尤其是在这种危急的时刻。

“梦梦……你……”小蕊的话还没有说完，夏白梦就已经把她拉到了船上，“梦梦……可是……”

夏白梦站在船上指着下面的一干人等，很严肃地问小蕊：“你是要和他们在一起，还是要和我离开这里？”

小蕊眼巴巴地看了看站在下面的几个人，还有躺在地上的昊轩，她的心抽筋的疼啊。她一直在纠结，难道真的要把昊轩扔在这里，如果苏小落他们照顾不好的话，那么昊轩……小蕊不敢向坏的方向去想，唯独能够让夏白梦转变心思。

“梦梦，我要和你一起走，但我们能不能带上昊轩呢？”小蕊多么害怕夏白梦不肯，可夏白梦也多怕小蕊不和她一起走，夏白梦也放低了对她的要求，“好吧，既然你已经说出来，我也没有道理不答应你！”

小蕊费了好大的劲儿才把昊轩从地面弄上了船，她也是一个自私的人，但自私的要比夏白梦有些城府，还不至于可以泯灭了良心去生存。

沈墨昭从没说过一句要挽留他们的话，任凭夏白梦带着小蕊从他们的视野离去，而沈墨昭三个人也再次陷入了僵局之中，接下来应当怎么办？毫无主意的三个人相互对视了一番，却得不到一个确切的答案。

直到苏小落突然想清楚了一个答案，她让当当和几个人都上船，而她回到树林中捡了一些已经干掉的木头扔上了船，她也上了船，让沈墨昭开船。起初他并不理解小落的意图，但已经明白她所想的都是为了大家好，便没有多问下去，于是大家开着属于昊轩的船上了路，前方究竟还有什么坎坷，他们一起来迎接面对。

起初沈墨昭一直跟在夏白梦的船尾后，到了分路口，夏白梦向着小路走去，而他们来的时候却是从对面的水域行驶过来，沈墨昭迟疑了一下。小落也看到前方的变化，但她非常确定地对昊轩说：“跟着她，千万不要放过，她去哪儿，我们就去哪儿！”

小落已经认清楚他们的方向，只要不放过夏白梦，他们一定能够走出这里，并且也一定能够找到缪壬教授。只不过就是不知道夏白梦是不是在兜圈子，也不知道是不是要把他们甩了！

走了大概十分钟之后，小落的疑问已经得到了证实，夏白梦的船竟然在一瞬间消失不见了。它就好像是凭空消失，从水域的中央突然不见，在三个人的眼皮底下突然不见，就这么不见了？小落也不敢相信自己的眼睛，难道这一切都是真实的吗？

小落猛然地摇摇头，她宁愿去相信自己的感觉，也不会相信眼睛看到的世界。就好像她和沈墨昭在雾中的那种情形是一样的，随着空气和阳光的变化，周围的一切形状都在起着微妙的变换，或者现在的情况和之前的是一模一样，只不过是夏白梦给他们下的一个圈套而已。

沈墨昭勘查了周围的情况，浓密的树林，加上宽阔的水域，这并不能构成他们之前遇到的情况的地理条件，可这又怎么来解释呢？

当当也瞪大了眼睛，她还尝试着想要跳下水去看看，他们的船是不是变成了潜艇，已经到水下去工作了，却被小落阻止住了。

沈墨昭不敢鲁莽行事，他征求小落和当当的意见："我们应当跟上去？还是原路返回呢？"

小落在心里做了一个设想。

如果夏白梦仅仅是为了甩掉他们才做的这道屏障，她是怎么成功的？难道是事先就知道会有这件事发生？如果是这样，那么她更加深不可测，令人觉得恐怖，如果不是，她又是怎么办法到的？

如果夏白梦不是为了甩掉他们，那么她的目的是什么，利用了什么手段把他们阻挡在外？如果是这样，在这里一定会有某个机关，只要触碰了机关，那么她就会实现自己的设想。可这真的现实吗？

这两样都不现实，而最现实的就是沈墨昭和小落的经历，这也是最好的，最有说服力的证据，所以这里绝对不可以进。

“不，我们按照原路返回！”小落心里更加有数，沈墨昭一边向回行驶，小落一边解释给他们听：“可能夏白梦也不知道这里是什么地形，她有可能完全是误闯进去的，而和我们的遭遇一样。不过因为她是自己进去，所以察觉不出里面有什么异常，等我们也进入了迷阵的时候，就已经晚了……”

当当明白了小落的意思，可令她不解的却是，如果回去了能有什么好处？能找到缪壬教授去的地方吗？

“能！”小落非常确定，“我觉得黑衣人一直在跟着我们，而不是她们，所以她们没有危险，我们到哪儿哪儿就有危险！就算我们进去了，也是死路，不如回到遇到夏白梦的地方！我依稀记得昊轩出来的那条路，既然他们能够顺利地走出来，那么我们也可以顺利地走出去。”

沈墨昭加快了马达，想要快点离开这个令他们觉得恐怖的地方，而他们身后夏白梦却露着笑容，眼睁睁地看着他们进行一场惊心动魄的战争。

Vol. 2

沈墨昭带着小落和当当回到分叉的水路，这里和之前并无任何区别，最大的区别就是前方没有了夏白梦的身影。

“小落，你确定能够找到昊轩的那个出口?”沈墨昭心里依然存有一些怀疑，但他们现在别无选择。

小落盯着前方的一个黑点，不断地回忆着之前的位置，她想了很久点头说道：“你把船开到夏白梦之前的位置，我一定能够找到，至少我现在还依稀记得方向!”

沈墨昭唯恐小落会忘记，开动了马达，向前方冲去，幸好那个位置并不是很难发现，而隐藏在这后面竟然有一条狭窄的水路，恰好能够让一条船通过。

小落欣喜若狂，没想到她的猜测还是正确的，虽然不知道这条路能够通往什么方向，但至少这可以让他们短暂地远离危险，只有保证他们目前的安全状况，才能更好地去营救缪壬教授。

沈墨昭和当当也很兴奋，可不知从什么地方挂起一阵怪风，让他们的船身开始摇晃了起来，小落催促着沈墨昭让他快些动身，以免横生枝节，毕竟他们现在还身处于禁地之中。而当沈墨昭把船开进狭窄的水路，这里竟然是另外的一片天地。

绿油油的草丛一人多高，真不知在这水面下它们又有多深，而他们穿梭于草丛之中，才觉得自己其实是渺小的。水路一直都很窄，两旁的草很整齐，只能够允许昊轩这么宽的船行驶，似乎这正是为他而设计的一样，竟然如此匹配。

沈墨昭拧紧眉头，似乎这里真的有古怪。

如此深不测可的水路上能有如此高的草丛，这已经是一件诡异的事情，而在这么茂密的草丛之中，怎么能有这样的一条水路?难道是有人故意开辟出来的?如果水中央是大家所谓的禁区，也是传说诅咒的来源地，那么就不应当有这条路，可……昊轩是怎么发现的？还是夏白梦带领着他来的？夏白梦不在他们的身边，这所有的谜题也没有办法解开，沈墨昭陷入了困境之中。

小落和当当一直盯着沈墨昭，无意间的一瞬让当当察觉到了他情绪的变化，当当凑了过去小声地问道："你是不是感觉到了异常?"

沈墨昭略微地点点头，他不敢声张，却又觉得小落说得有道理，并没有排斥要进来的欲望，可这里和他们的预想似乎相差太远太远……

当当也觉得这里的氛围竟然如此压抑，就连阳光都没有办法从草丛中照射进来，令人的心情十分憋闷，当当扭过头看了小落一眼，小落盯着水底研究着什么……

当当也探出了头向水底看去，黑乎乎的看不清楚究竟有什么，但可以感觉到船底有一个东西在跟着他们的船走，他们走多快，那个物体就移动得有多快……

"这……这……"当当捂住了嘴，害怕地尖叫了两声，他猛然地拉过沈墨昭让他也看过去，"看啊……水鬼!"

"胡扯!"沈墨昭才不信这种邪，他也探着头看了下去，水面下确实有一个物体在移动，但绝对不是水鬼，"别胡扯，说不定只是船底刮上了什么东西，所以才会跟着我们的。"

"不……"苏小落给了一个确切的答案，她搅弄了一下船底的水，对沈墨昭说道，"你先把船停下来，我要看看它究竟是什么东西!"

船虽然静止了下来，可水下的那个物体还是在不断地动着，似乎像是一个垂死之人在进行最后的挣扎，它撕扯着，踹着，用

尽全身的力气想让自己挣脱，可却无济于事……小落看着看着，竟然陷入进去了，这种状态完全是一个人，真的是一个人……

“沈墨昭，船底下是个人，难道……”苏小落把心提到了嗓子眼，精神高度紧张起来，“难道……”她不敢说出缪壬教授的名字，可这里的水域他们并不是很清楚，谁也不敢下水去查看，这可让三个人为难起来。

当当在船上翻找着，从座椅的下面竟然找出了一件救生衣，还有两套潜水服，这可算是他们现在的救星！

当当怕小落有危险，她想跳下去，虽然她的水性并不是很好，而沈墨昭也想下去，毕竟这里只剩下他一个男生，这是他应当做的，而当沈墨昭和当当争执的时候，小落已经换上了潜水服跳进了水中……

“小落……”当当焦急地想要追上去，可另一件潜水服已经被沈墨昭穿上，她只能傻呆呆地留在船上等待着好消息。

看着水中翻滚的水花，还有两个人在水下游走的姿态，当当顿时觉得这幅场景真的很美，如果不是在危急的时刻，他们一定会享受这美妙的时光吧？只可惜现在他们都处于危险的状况之中，而且未来还有什么危险不得而知。

看小落在水中翻滚了几下，突然猛地向水底冲去，沈墨昭跟随其后，当当的心立刻提了起来。

“究竟发生了什么事儿？小落怎么了？”当当真后悔没有跟她一起下去，“难道下水前没有运动，腿抽筋了？”

可又不太像，沈墨昭及时地抓住了小落的手，把她拉了回来，他们终于看清楚水底的情况，还有跟在船下的那个“水鬼”的模样。

他已经奄奄一息，几乎要从塑胶袋中虚脱掉，不过还好塑胶袋被绑得很牢固，并没有漏水，他瞪大了眼睛不断地拉扯着塑胶袋，想让他们注意到他。苏小落一把拉住了缪壬教授的手，眼中含泪地几乎要哭了出来。

在沈墨昭的帮助下，小落成功地把缪壬教授从塑胶袋中解脱出来，在模糊之中缪壬教授说了一句“黑衣人杀我……”便昏迷了过去。

苏小落和沈墨昭对视了一下，难道黑衣人又出现了？

Vol. 3

苏小落和沈墨昭费了好大的力气才把缪壬教授从水底救了上来，当当看得心惊肉跳，小落上船第一件事就是和她来了一个大大的拥抱。

缪壬教授一直处于昏迷的状态，这令三个人更加担忧起来，他在昏迷之前说的那句话是什么意思？而大家再次陷入了困境之中。

当当抱着阿喵坐在船尾，盯着躺在中央的缪壬教授发呆，而小落也一直在猜测教授说那句话的意图，只有沈墨昭魂不守舍地在船舱中来回溜达。

“沈墨昭，你坐下来好吧？把我的头都绕昏了！”当当终于忍受不了沈墨昭的脾气，而小落竟然毫无反应地蹲在原地。

沈墨昭也是在为大家着急，总不能站在原地等死吧？如果一直停留在这里，那么说不定会有什么危险呢！尤其是缪壬教授说过，这一切都是黑衣人干的，那么这个黑衣人究竟是谁？意图又是什么？为什么总是追着他们不放，难道他们身上有这些人要的东西不成？

“小落，你倒是说话啊，我们现在应当怎么办？难道真的在这里等着？”沈墨昭急切地追问答案，可小落也不是神仙，不能把所有的答案都保存在脑海中。

她甩了甩头发，让已经湿漉漉的发丝甩出来的水扬了他一脸，也有些水珠掉在缪壬教授的身上。“我们现在最重要的是要把缪壬教授弄醒，只有他才能带我们离开这里！”

可刚才沈墨昭和当当已经用尽了浑身解数，缪壬教授竟然一点反应都没有，这要等到什么时候才是个头？还没等沈墨昭发问，小落从背包里拿出了一根细长的东西，像绣花针，却又比绣花针粗很多，她用力地在缪壬教授人中的位置按了下去，一滴浓浓的血从中间渗了出来，没过几秒钟，缪壬教授就有了反应。

伴随着几声咳嗽，缪壬教授逐渐苏醒了起来，他抓着沈墨昭的手似乎有什么话要说，却又硬生生地咳嗽了两声，差点背过气去。

小落细心地为他揉着胸口，让他的情绪慢慢平复下来，并且不断地说：“不着急，慢慢说！”

缪壬教授双手有些颤抖，情绪变得更加激动起来，似乎刚刚他所经历过的，对于他来说就是一场浩劫。他咽了一口吐沫，回想起刚才的那一幕，脑子里竟然闪现出了一个奇怪的想法。

“你们是不是得罪了幽灵组织？为什么总会被这些人追踪不

放？现在竟然连我都已经牵扯在其中……”缪壬教授脸上的表情十分纠结，可三个人面面相觑，根本没有听懂他说的是什么意思。

沈墨昭虽然听说过森林的神秘诅咒，但对于这个什么幽灵组织却从未听闻过，他也想知道个究竟，于是问：“教授，这个幽灵组织是什么？难道你怀疑黑衣人是他们派出来的？可……可我觉得并不是这样……”

“唉……你们才多大，能懂得多少呢？幽灵组织是很神秘的，至今都没有人见到过他们的首脑，这更加不是你们小孩子能够参透的！”缪壬教授的话说得很深奥，确实令他们似懂非懂，尤其是当当满脸的迷惑，“唉……你们是不是拿了不该拿的东西了？”

苏小落转头看了看沈墨昭，他们确实拿了一些东西，不过不知道那是不是所谓的重要物品，沈墨昭迟疑了一下，把怀中的那把刀和钻石交给了缪壬教授。教授大吃一惊，他的手颤抖得更加厉害了，似乎中了魔一般。

“这……这……”

“教授，这有什么不妥？这些都是我们捡回来的，其实还有另外一把刀，但是被森林里的猴子抢去了！”

教授把那些东西还给了沈墨昭，长叹一口气，有些责怪地说：“这些东西本就不应当属于你们，你们为什么要拿回来呢？恐怕都是这些东西惹的祸！”

沈墨昭盯着上面图腾的标志，他已经很清楚地把它解读懂，怎么又会和神秘的幽灵组织联系到一起？这岂不是太奇怪了吗？他想把真相跟缪壬教授说出来，让他帮忙分析一下，可缪壬教授竟然转过头去，再也不敢面对他们。他真的受到了不小的刺激，而这个幽灵组织和缪壬教授又有什么关系，怎么能让他如此困苦？

沈墨昭推了推小落，想让小落帮他说，可小落已经和夏白梦生了一肚子气，再也不想说关于那个女生的任何话题，这也令沈墨昭处于被动的状态。

四个人明明应当商量着怎么走出这迷雾重重的森林，可却因为缪壬教授的一句话，另外三个人更加不知道应当如何是好。

而随着时间的推移，天色也渐渐地黑了下来，在这荒无人烟的地方，缪壬教授再也不能坐等下去了，就算神秘幽灵组织出现，他也要努力地帮助孩子们走出困境。他站了起来，勘查了一下周围的环境，终于找出了走出迷城的捷径。

“沈墨昭，你来开船，我指挥，希望这一次我们能够顺利走出森林，大家一定要团结一致向外，就算是遇到了危难也不要扔下任何一个人!”缪壬教授说得头头是道，似乎他曾经经历过这场浩劫，也曾经莅临过这种场面。

苏小落和当当很认真地点点头，他们已经做好了全部的准备去应对，即便是在晚上，他们也从来不会松懈！虽然他们的肚子已经很饿，但为了能够活着从森林走出去，饥饿又算得了什么？

在缪壬教授的指挥之下，沈墨昭竟然再次重返到夏白梦消失的地点，苏小落的脑袋嗡的一下子就大了。

“缪壬教授，这里很危险!”她脱口而出。

“为什么？这里明明就是出口，我曾经走过……”

“不，夏白梦明明就是在这里消失的……”

缪壬教授沉住气，他相信自己的记忆，虽然已经时隔多年，“沈墨昭，相信我！这里就是出口，我们一定会走出去的!”

7 水底的人

沈墨昭伴随着几个人忐忑的心情，趁着黑夜，迎着星光，只能硬着头皮继续上路。

Vol. 4

天色越来越阴沉，似乎是天空密布满了乌云，星星也逐渐稀少起来，他们只能借助微弱的月光看清楚前面的水路。水在月光的反射之下显出冷清的光芒，光束如同深幽中的一抹清香，令人神往。

沈墨昭和小落走进这条的水路，神经再次紧绷起来，他们唯恐会出现夏白梦的那种情况，越来越靠近那个位置，他们的心也越来越紧张起来。可随着船只的行进，时间的推移，并没有发现任何变化，这……这确实有些奇怪。

“怎么会呢？白天的时候，我们三个人目睹着夏白梦从这里消失，难道……”小落不敢妄自推测，尤其是当着沈墨昭的面前，她不想对另外一个女生做出任何中伤。

沈墨昭半闭着眼，心里似乎已经有了一种不成形的答案，他缓缓地对缪壬教授说：“教授，我想问您，您是不是知道这个神秘的幽灵组织是谁？要不然您怎么能够那么清晰地讲述出他们的故事？还是说……您经历过？”

缪壬教授可被沈墨昭问住了，他张了张嘴，确实想把实情说出来，可他面对的是几个孩子，他们真的能够承受得住这么庞大的一个神秘机构吗？何况他现在都没有搞清楚，这些人究竟想要做什么。

“唉……你们就是听听好了，或许和你们的遭遇也没有什么关系，我所说的也是听来的。”缪壬教授的后半句话说得很没有底气，甚至让沈墨昭觉得那是一种敷衍，觉得他们依然还是孩子，没有能力承受。

苏小落能体会缪壬教授心里的为难之处，她也想听听缪壬教授的解释，“教授，既然我们都想听，那您就说说吧！我们当作听故事也挺好的，您说呢?”

缪壬教授考虑了很久，点了点头，其实说出来也无妨。

他在年轻的时候曾经和他们有过类似的经验，到森林中之后竟然也遇到了黑衣人，起初黑衣人并没有要动杀心，只是在森林的上空跟着他，但却令他不安心，于是他也命令了他的宠物上去和黑衣人厮杀，之后便一发不可收拾。

他从黑衣人的身上得到了一块宝玉，上面刻有很特殊的图腾，他把宝玉一直保存在身上，那个黑衣人便紧追不放，始终跟随着他，直到把他逼进了险境为止。当然缪壬教授也是凭借着自己对这里地理环境的熟悉，每次都能够顺利脱险，不至于被那个黑衣人算计上，但也经不住逃不出厄运。

他最终还是在和黑衣人厮杀的时候受了伤，左侧的胳膊上划伤了一道深深的口子，就算时隔多年之后，那个口子也一直没有消减下去，给他留有了一生的遗憾。

自从那次他从森林里幸免地走出来，他对森林里更加好奇起来，从那以后便会留意森林里的一举一动。也被他知道了森林里一直传出来的诅咒是谣传，但进入森林确实是有一定的危险性。

其危险的程度在于，不要去招惹在上空跟踪自己的黑衣人，一旦招惹上，便甩不掉。最重要的就是，他们的内部似乎是在隐藏着一个什么重大的秘密，而这个秘密牵扯到城中的权贵，但究竟是哪家，缪壬教授却不得而知了。

缪壬教授曾经也想要去调查，却没料到，每当进行到核心的时候都会遭到意外，最严重的就是惨遭黑衣人的追杀，险些送了性命，为了能够生存，没有办法之下，他放弃了追查真相。

而这么多年过去了，城中依然还在流传着关于森林的诅咒，阻止人们进入森林的深处，把最中央的位置已经列入了禁区。并且还有人扬言说，只要进入禁区的人都会死无葬身之地……

而他们现在就处于这种险境之中……

沈墨昭和苏小落相对视了一番，他们似乎已经知道了缪壬教授口中的权贵是谁，可如果按照时间来推断的话，这件事恐怕不是夏白梦能够做出来的，应当是夏白梦的上一辈——她的父亲。

可沈墨昭从黑衣人身上得到的那把匕首，真的就是问题的关键吗？小落也并不觉得，只是认为这是一个幌子，更重要的应当是他们获知了这个秘密，而这些人想要杀人灭口才对。想到这里，沈墨昭和苏小落不禁倒吸了一口气，难道他们真的要被黑衣人追杀致死？

苏小落摇摇头，她相信缪壬教授之前能够顺利地走出这里，现在也一样能够把他们带出去。

缪壬教授刚把故事讲完，沈墨昭就听见周围有异样的响动，虽然声音并不是很大，但却觉得就在身边，距离他们很近。这种声音不仅扰乱了他的思维，就连小落和当当都察觉到了，最为敏

感的还是阿喵，它竖起了耳朵高度警惕地站在小落的肩头，似乎随时都准备要出战。

“小落，你有没有……”

“嘘……”小落让沈墨昭不许说话，她想更清楚地听到周围的声音，尤其是来自草丛的声音……

“沙沙沙……”伴随着有人拨弄草的声音，还传来水的声响，时不时地有些“扑通扑通”的响声从远处而来。

苏小落惊了，看来远处的并不是一个人，而是一群人，应当说这些人是冲着他们来的才对。

“沈墨昭，快！加快马达，我们要迅速地离开这里！看来我们已经招惹到了这些人，说不定你身上的那些钻石就是他们的最终目标！”

沈墨昭不敢松懈一分，立刻把船的马达开到最大，顺着这条水道冲了出去……

Vol. 5

沈墨昭的船在前面疾驰，身后不断地传来有人在后面追踪的响动，他们并没有用水上的工具，但可以清晰地听到水花飞溅的声音。当当一直站在船尾观望，在模糊的黑夜中，竟然真的可以看得到有几个强壮的身影在黑夜中摇曳。

他们的身影就像是风中的树叶，随风摆动着，在白色的浪花之下衬托着他们优美的动作，虽然这种时刻并不是欣赏美男景色的时候，但当当依然忍不住地开始留下口水。

7 水底的人

阿喵从小落的肩头跳了下来，站在当当的旁边看着，黑夜中它的眼神总要比其他的来得要犀利，哪怕再远它也能够清晰地捕捉到。

“阿喵，你看到了什么？他们究竟是谁？”当当迫不及待地问，她的视力范围有限，没有办法看清楚对面人的相貌。

阿喵皱紧了眉头，盯着其中两个人的脸钻研了很久，它总算是得出了一个结论。

“其中一个是追踪我们的黑衣人，另外一个是救了我们的少年……”

“什么？”沈墨昭的手略微一抖，“你确定其中的一个是救了我们的少年？他怎么会在这个行列之中？”

小落却没有觉得奇怪，她解释给沈墨昭听：“我从一开始就觉得这个男生奇怪，尤其是你和我说过那番话之后，我也做过反思。既然在这个森林里都是有特殊图腾家族的人在掌控，那么多出来一个对付我们的人有什么奇怪，何况我们根本都不知道这个男生的背景，不能完全听他的一面之词，何况……何况那个图腾你应当比我更加清楚才对。”

沈墨昭明白了小落的意思，虽然他依然不愿意相信救他的人和害他的人是一伙的，但他们必须要走出这个迷阵，不然被他们抓住了，恐怕真的没有好果子吃！他不敢有任何松懈，继续把马达加快，恨不得现在可以飞到天上去！

“有问题，他们是怎么在水上站着的呢？还可以这么平稳？”当当提出的问题令阿喵也觉得有道理，阿喵继续观望。

在当当提出的问题基础上，阿喵发现了一个惊人的秘密，他们竟然会利用水上滑板，可既然是滑板，那么绳索又在什么地方呢？阿喵顺着他们滑板的方向慢慢寻找，终于在他们大船底部的拴绳位置找到了两个钩子。

“看!”阿喵不能完全地表述出自己的想法，但却有办法让当当看。

天虽然很黑，还没有多少月光，但凭借着水光反射出来的光，还是能够看得到船底的绳索，当当十分惊讶，她立刻吼着：“老娘的！竟然拿我们当两岁的孩子，想杀人灭口，还想利用我们的船，真以为我们都脑残呢?”

当当的吼声引起了小落的注意，她走到船边仔细研究了一下，决定摆脱这些人的追踪，最好的办法就是把绳索砍断。小落利用黑衣人的刀，把绳索割断，阿喵清晰地看到两个人在水花中翻卷了几下，没入了漆黑的黑夜之中……

“呼呼，大功告成!”小落庆幸着，没想到这么容易就把两个人搞定，可他们忘记了，听到的声音可是一群，并非只有这两个……

虽然这两个人已经没入水底，但阿喵也不敢放松警惕，始终在船尾盯着水面看。毕竟在夜里，它可是霸王！经过半小时左右的观察，终于没有任何响动了，阿喵提着的心也逐渐放松下来。

当当也坐回到了船舱中，慢慢地享受着这份惬意。而缪壬教授依然还是很紧张，他的手心已经沁出汗水，黏糊糊地粘在衣服和裤子上。

“小落，我们不能放松，要尽快开出这里，不然他们还会想方设法地追上来的!”缪壬教授不断地唠叨着，他似乎有些多虑了，说话的语气中都透着对黑衣人的敬畏，“让沈墨昭再快些吧！”

沈墨昭并没有回头，也没有回应教授的话。这只船的速度已经达到最高的状态了，如果再这样下去的话，恐怕还没有走到安全地带，他们的油就要被耗尽了。

夜越来越深了，天上的星星全部隐藏起来，就连月亮都不知其踪。乌云密布的天空，似乎是在预兆着一场大雨的袭来，他们如果找不到个栖身之地，恐怕真的会有危险。

当当拉着小落的手，紧张地盯着船外，还有身后翻滚起来的水花，如果不是如此紧迫，享受一下如此美好的夜景该多美妙……

而缪壬教授说完担忧的话之后，小落跟随着也忧郁起来，依然还有一种紧迫感，总觉得还有什么诡异的事情会发生。

由于船的马达声过于大，临近除了水声听不到其他响动，而对于阿喵来说，要比人的耳朵敏感很多，它能够听到人类听不到的声音，比如说电波……

“落落，水下有人！”阿喵突然觉得水底有驿动，“好像是刚才的那伙人……”

苏小落和当当提高了警惕，缓缓地向水边移动，她们定睛盯着水底，除了黑色的水和白色的水花却什么都见不到。

小落紧张的心总算是放了下来，她嗔怪地对阿喵说：“阿喵，不要谎报军情啊！我们会被你吓死的！”

阿喵忽闪着大眼睛，泪花在眼中打转，满腹的委屈，心里一直都抱着不满。

“明明就是听到了嘛，只是你们看不到而已……”

小落才不管它究竟发什么神经，只要现在没有危险，能够顺利走出这段诡异的水域就好。阿喵的抱怨才刚刚结束，沈墨昭一个不留神，竟然把船撞在了不知名的物体上，吓得几个人魂飞魄散。

“沈墨昭，你在搞什么鬼啊？怎么了？”小落跳着脚恨恨地拧了他一把，可当她看清楚前面物体的时候，吓了一跳。

“夏白梦的船？”

所有人都呆住了，船上竟然没有人，他们究竟去了哪儿？

8 神秘古堡

黑暗的下一站是曙光的来临，挫败的下一步是成功的进程。

用我们前进的脚步，来证明永不放弃的信念。

坚持。

Vol. 1

沈墨昭从未想过回到这里还能遇上夏白梦，可现在遇上了却更加令他吃惊，船上空荡荡的，连他的风神都不见踪影。就算夏白梦真的走了，那么小蕊和昊轩呢？就算所有的人都走了，那么他们还有必要带着风神吗？

其他人沈墨昭说不好，但对于夏白梦来说，她一定会把风神扔在一边不管，可现在为什么都消失了？

小落和当当勘查了一下周围的情况，无论是从船体的破损程度上来看，还是从外界的各种因素来看，这里并不像是他们自己走掉，反而更加像是被人掳走。

“沈墨昭，你看这里有很多打斗的痕迹，而且还船的甲板上还有血迹，会不会他们遭遇到了不测呢?”当当大胆地推测，这也并不是凭空想象，而是所有的证据指向。

小落和当当的想法很一致，除了船上有打斗的痕迹还有血迹之外，这里并无其他的痕迹，如果是他们自己走掉，怎么留下这么多的血？还是谁受伤了不成？小落有些担忧昊轩，毕竟他还有些神志不清，如果他发生了意外的话，小落的心里一定会过意不去的。

沈墨昭也在船上搜寻了很久，并没有重要的东西遗失，看来他们真的是被人掳走的，可又是什么人呢？他想不清楚，甚至开始怀疑他起初的判断起来。他坐在了甲板上，陷入了沉思。

小落走了过来，轻轻地拍了拍他的肩膀，问道：“怎么了?”

沈墨昭撇了撇嘴，心里有些不痛快，却也不想和小落说，好像会令别人耻笑一样。可不说出来，他的心里又憋闷得慌。

“说说吧，我心里也有一些想法……”小落其实也产生了疑问，尤其是对夏白梦这个女生。

沈墨昭沉住了起，他做好了最坏的打算，就算小落说他偏袒也好，但也要为夏白梦正身。“其实……其实我觉得黑衣人不是夏白梦派来的，或者我可能是记错了，那个图腾也不是她家的……毕竟……”

“毕竟她和你有婚约，她再怎么也不会害你，对吧？而且现在就连她都已经失踪了，所以你有更多的疑问！可你有没有想过，如果这一切都是她做的，那么现在她手中的小蕊和昊轩，还有你心爱的风神，都成为了她手上的把柄啊！”小落一语道破天机，令沈墨昭原本深邃的眼神变得更加令人不解。

他阴沉着低下头，不敢去面对小落真实的表情，他深知自己下一步一定会走错，想让小落把他从错误的边缘拉回来。

“放心，我不会轻易武断地下判断，这也是我的一种猜测！”小落把刚才犀利的话收回，令沈墨昭心里难受，她的心情也好不到哪儿去，“但令我担心的还有另外一件事儿，如果真的像你所说的那样，这个神秘的幽灵组织足够把我们全部杀死，那么真正的危险才是刚刚到来……”

沈墨昭点点头，他不愿相信这种猜测是真的，如果那样的话，也是他们把夏白梦几个人推向了死亡的深渊。

当当凑过来，她已经听到了两个人的谈话，也把自己的想法说出来：“可你们有没有想过一件事，如果沈墨昭没有记错，图腾确实是夏白梦家的，而现在夏白梦消失了，或者只能说明一件事！夏白梦的家里人已经找来，为了把夏白梦带回去才会发生这场争执，而地上的血说不定也是我们在吓自己，只不过是家奴的呢？所以不要杞人忧天，我们还是尽快离开这里，别忘了刚才还有人在跟踪着我们呢！”

如果不是当当善意的提醒，沈墨昭和小落几乎忘记了这件事儿。

阿喵站在昊轩的船上，依然还向下看着，它盯着水面已经出了神，似乎水下真的会有水鬼出没，会活生生地把他们吞了去。阿喵见到水下有一个东西摆动了一下，它也随着摆动了一下，可那个东西却不是鱼，不是鱼怎么会摆动呢？阿喵猛然地从船尾跳

了下来，害怕地躲进了木座底下。

虽然是漆黑的夜，但小落也很明显地看到了那只肥胖的白猫突然从船尾跳下来的姿势，阿喵一直都很胆小，尤其是遇到了令它感到不安的东西的时候。

“阿喵遇到了困境，我去看看……”小落把沈墨昭和当当留在了夏白梦的船上，她重新回到昊轩船上的时候，突然觉得船好像涨高了，她靠近阿喵亲切地把它抱在怀中，还可以依然感受到从它身上传来哆嗦的感觉，“阿喵，你怎么了?”

阿喵瑟缩在了小落的怀中，眼睛盯着水面的方向依然存有恐惧，它刚刚还自告奋勇地准备帮小落赶走黑衣人，现在却怕得要命。小落顺着它的目光寻了过去，把眼神落在了水面上，她抱着阿喵缓缓地向水面走去，阿喵害怕地从她的怀中挣脱跑掉。

沈墨昭看到两个人在那边瞎乱撞，也从夏白梦的船跳了回来。

小落慢悠悠地向水面靠近，想进一步地看清楚水底的情况，沈墨昭跳上船的一刹那船体动了一下，让水面荡起了水花，水面都看不清楚，黑乎乎的一片。

沈墨昭也随之靠近了过去，扶着小落两个人一起去探寻究竟。

在泛着白浪的水底下，黑乎乎混乱成一片，真的看不清楚究竟有什么东西，沈墨昭回头问小落：“你在找什么?”

“阿喵被水底的东西吓到了，所以这里面一定有什么东西，可太黑了我看不到!”

沈墨昭回头的一瞬间，水底真的有一个像鱼一样巨大的东西在翻滚，搅弄着水底混着的泥水，小落看到了，她瞪大了眼睛，捂住嘴，没敢喊出声音来。

8 神秘古堡

“沈墨昭，真的有水鬼……”

沈墨昭才不信，他探头过去看个究竟，“胡说，这个世界上根本不会有水鬼！”

水底翻滚的“鱼”在沈墨昭的眼里，那仅仅是一条能够自由活动的生命，再怎么也算不得是水鬼。

“放心，这条巨大的鱼不会伤害到我们的！”

可小落依然不放心，催促着沈墨昭道：“我们快些走吧，我不想在这里停留太久的时间……”

Vol. 2

这片看上去很宽的水域，其实只能容得下一条船经过，而夏白梦的船又横在了水域的中央，他们的船没有办法顺利地从这里走出去。沈墨昭在缪壬教授的指导下，好不容易把夏白梦的船从旁边移开，才把他们的船顺利地从这里开出去。

而阿喵依然还是很害怕地躲在小落的怀中，连一步都不肯离开，似乎刚才那个“怪物”一般的东西是冲着它来的。

天气渐渐凉了起来，沈墨昭也觉得全身没有了力气，而且空气中散发着一种丁香花的迷醉味道。他摇摇头，把困意和乏意通通甩走，在这种时候他不能睡觉，船上好几条人命都握在他的手中呢！

可沈墨昭越来越清晰地能够闻到那种诱人的花香，甜甜的，腻腻的，好像一块浓浓的奶油蛋糕，黏在他的鼻子上，怎么挥都挥不去。

苏小落看到沈墨昭在空气中挥舞着手臂，那姿态像是一个喝醉了的醉汉，她走过去问道：“你没事吧？怎么了？”

沈墨昭的头开始昏沉沉的不清楚，连苏小落说话的声音都是在脑子外面晃悠着，他用力地按了按头，又摇晃了几下，还是不行。

“你……难道你没有闻到吗？那种香甜腻人、带有带有奶油味儿的花香，它扰得我心里烦躁，有些困倦……”沈墨昭的话还没有说完，他的脚已经开始晃悠起来，小落扶住了他，似乎明白了些什么。

“你屏住呼吸，看看会不会好一些？”小落扶着他让他坐下。

沈墨昭屏住呼吸之后似乎觉得好多了，刚才晕厥的状态令他整个人都失去了重心，他再次问道：“难道你没有闻到？”

小落确实没有闻到，也不知道沈墨昭闻到的是什么味道，她回头问当当：“你闻到了吗？”

当当也摇了摇头，而刚刚被小落放在地上的阿喵已经昏睡了过去，缪壬教授似乎也是中了魔地睡了过去。

“或许是你太累了，要不然你去休息一下吧，我来开！”小落强制性地让沈墨昭到船舱里休息，可他不能把小落一个人留在这里，毕竟现在还很危险，沈墨昭坚持着撑住身体对小落说道：“还是你去睡一会儿吧，下半夜我会叫你来换我的！”

小落盯着他白皙的脸，这张曾经令她十分厌恶的脸，现在看起来也并不是那么难看，并且还略微地有些萌了。可挂在他白皙脸蛋上的两个大黑眼圈，却让她扑哧一下笑了出来。沈墨昭刚刚变为友好的态度，再次冷漠起来。

“好心你还笑我，我去睡觉了！”

沈墨昭向船舱里刚走一步，小落在他的背后说：“你的黑眼圈好浓，这几天应当都没有休息好吧？真的为难你这个当惯了大少爷的人，从来都没有吃过苦，现在竟然能够为我们着想，谢谢你……”

柔软而温暖的话，刺疼了沈墨昭冰冷的心，心中有一个位置莫名地抽搐了一下，像是被人轻轻地吻过，酥麻的感觉传遍了全身。他的双腿僵持在原地，竟然连动都不会了，这是怎么了？

墨黑色的夜空，划过一颗流星，苏小落抬头仰望，双手合十在胸前，闭上双眼，默默地为大家祈祷着，希望能够从这里顺利地走出去。等她再次睁开眼睛的时候，沈墨昭又重新站回了船头。他要坚持着把大家送到安全的地方，他要做一个顶天立地的男子汉，不让苏小落失望的男子汉。

“沈墨昭……”苏小落轻轻地喊了他一声，沈墨昭并没有回头，他坚毅的背影永远地落在了小落的心里，瞬间形象更加高大起来，“沈墨昭……你确实成熟了，长大了……”

小落钻回船舱里，窝在了当当和阿喵的身边，三个人挤在一起，暖暖地睡了过去。船一直处于晃晃悠悠的状态，能够在被人追逐的状态下还能够睡得香甜，当当和小落也算得上是一流的人物了。

沈墨昭长时间处于精神紧张的状态之下，他也有些疲乏，不知不觉也睡了过去……

船竟然在没有人驾驶的状态下一直保持前进的状态，终于在天快亮的时候，发生了意外。

“咣当……”

船体沉重地撞在了一棵千年老树的树干上，似乎是撞坏了船，马达也停止了转动。

小落和当当被这重大的事故吵醒，缪壬教授和阿喵也从睡梦中醒过来，当他们走出船舱的时候，竟然发现船已经靠在了岸边，可沈墨昭竟然不知其踪。

“沈墨昭……沈墨昭？”小落还有些睡意，蒙眬地喊着。

空气中凝结着周围的安静，连鸟叫的声音都听不到，沈墨昭能到哪儿去呢？当当跳下船，在周围寻找着他的身影，竟然连他的头发丝都没见到。

而小落也找遍了船上船下，也没有看到他的人，这……这究竟是发生了什么情况？

阿喵从船底叼出来一个奇怪的东西，脏兮兮地扔在了岸边，拉扯着小落过来观看。

小落拿起那黏糊糊的东西观看了半天，也没有研究明白，直到缪壬教授从船舱走出来，一嘴道中要点：“这是浮潜鞋，是专业潜水员用于潜水的用具，怎么会在这里？”

小落顿然醒悟，她不断地拍打着脑袋，开始埋怨自己没仔细地观察，害得沈墨昭现在消失了，一边懊恼一边说着：“都怪我！原来昨天阿喵看到的东西就是它，人穿上这种东西在水底就像一条大鱼，而且还是晚上光线不足，我和沈墨昭都没有放在心上！这家伙一定是趁着我们都睡着了，上了船把沈墨昭带走的！”

当当更加不理解了，她反问：“带走他有什么用呢？黑衣人原本不是就想要他身上的东西吗？难道东西在你的身上？”

小落想想也对，可沈墨昭为什么会被带走？拿走东西不就好了吗？难道说他们要针对的只是她们？而并非沈墨昭……

苏小落嘴角上扬了一些，苦涩的表情还挂在脸上，她对当当说："我懂了。"

可当当却不懂了。

Vol. 3

在小落的心里，夏白梦和沈墨昭一直都是一个国度的人，而她和他们则是两个世界的人。她只不过是一个小老百姓，而他们则是高高在上的权贵，永远都不在一个等级之上，但从人格上却不分等级的，才会对夏白梦这种做法十分气恼。

沈墨昭这也不是第一次消失，上次他们已经有了经验，虽然他的人不在他们的身边，但从本质上来讲，沈墨昭应当没有任何危险。假如夏白梦的心里还有他，她就不能伤害他，把他掳了去也只不过是为了保护他而已。离开了大自然的世界，沈墨昭应当更加如鱼得水才对，他会更加庆幸能脱离这险恶的境地。

苏小落有些哀伤，能够从这里走出去竟然是她最大的希望。

当当和阿喵也觉得小落的情绪有些不对劲儿，不断地在她身边打气。

"小落，别放弃哦！别忘了，到什么时候我都在你身边的……"阿喵卖着萌，蹭着小落的腿弯，毛茸茸的身体弄得小落直痒。

而当当更多的则是安慰的话："放心，他不会出事的，只要我们平安走出去，我一定让你看到个活蹦乱跳的沈墨昭！"

苏小落歪着头看着地上的阿喵，还有身边的当当，她似乎并没有说什么，难道脸上的表情真的那么难看吗？不过心里确实有些难受，和自己一同进退的队友突然间消失了，她或多或少都有

些担心。

小落仰视了蔚蓝的天空，零星地飘着几朵棉花糖，让她的心情好了很多。

“既然船不能用了，那么我们现在继续前进吧，希望在前面可以找到另外的出口！”小落的元气再次恢复，她将会是一个永远都被人打不垮的女生，一个令当当和阿喵敬佩的帅气女生。

经过森林中重重考验，苏小落已经有了丰富的实战经验，就算再浓密的森林，也不能阻止她前进方向的动力。当当在小落的身后搀扶着缪壬教授，阿喵则是上蹿下跳地为小落开辟道路，而小落则一直在找能够代替船和竹筏的工具。

森林中越来越密集的树杈令她困惑，而越来越烦琐的阻碍物令他们前进的路受阻，当当开始怀疑这条路是不是真的能够达到他们预期想要的位置。她最终还是忍不住停下了脚步，在小落的身后哭号着：“小落啊，你是不是搞错方向了啊？怎么越走越烦琐了呢？我不要嘛……”

当当耍赖的功夫可真要命，坐在地上连蹬带踢，弄得像一个两岁的孩子，阿喵的头上满是黑线和乌鸦，它耍赖的时候都没有这么赖皮。

“当当，你不要无理取闹哦！进入森林里只有这一条路，难道你让我走了一半再放弃？”小落可是不甘心。

缪壬教授也坐了下来，他喘了一口气，快速的进程已经让他的老骨头有些承受不住。当他坐下来休息的时候，竟然看到了一样不该看到的东西。

“小落，你抬起脚！”缪壬教授提了一个很奇怪的要求，“你看看你脚下闪亮发光的东西是什么?”

小落抬起脚，一枚闪亮的东西被她踩进了土里，却依然没有埋没它的光芒，她捡起那个小东西，惊喜地说道:“是钻石，是沈墨昭身上的钻石!”

当当从地上蹦了起来，跑到小落的身边仔细地看了半天，很奇怪地问:“你怎么就知道这是沈墨昭身上的钻石，你怎么不说是夏白梦的，怎么不说是昊轩的?钻石都长成一个样子……”

小落敲着当当的头，“你忘记这盒东西是我捡到的?我在手上研究了很久呢，它们的大小形状，光泽度，每个面有多少反射弧我都知道!我就是知道!”

当当顿时觉得小落的神经病又犯了，算了，她这个双鱼女就是不知所谓，任凭她胡扯好了!

缪壬教授沉思了很久，想通了其中的枝节，对小落和当当说道:“沈墨昭可能就是从这里被人掳走的，地上的碎钻石有可能是他留下来的记号，为了让我们能够把他救出来用的，我看你们还是先走吧!我比较慢，会拖累你们的!”

苏小落就算不去救沈墨昭，她也坚决不会把缪壬教授一个人扔在森林中，这里说不定还有什么危险在等着他们。她拉上缪壬教授，让当当在另一旁搀扶着，就算是再困难，也会坚持着一步一步走下去。

虽然起初的路不太好走，但逐渐开阔了起来，路上横生的枝叶慢慢地减少，并且真的能够看到有路的存在，而且地上还有沈墨昭留下来的钻石痕迹，这让他们更加容易照清楚方向。但上空却密布上了树枝，越来越密集，让人看不到蔚蓝的天。

三个人被包围在了绿色之中，从缝隙掉落一丝的阳光都是一种奢求。

当当被这种氛围压抑着，心情顿时变得抑郁起来；阿喵也耷拉着头一副不开心的样子，好像这里是进入到地狱的大门；而小落的情绪也随着环境的变换，而起着细微的变化。

当当架着缪壬教授，走过这条路的最后一个转角，眼前的一切令他们顿时震惊了，而迎面飞来的一群乌鸦让小落吓了一跳，阿喵害怕地跳上了她的背包躲了进去，只露出一双亮晶晶的眼睛。

“这……这究竟是什么地方?”当当上牙和下牙直打架，这么恐怖的地方，她还是第一次见到。

小落也惊住了，在这黑压压一片乌鸦的背后，呈现出了一座令人毛骨悚然的古堡，尤其是在森林的包围之下，显得更加阴森恐怖……

Vol.4

柔和的阳光笼罩着广袤的森林，穿过这片郁郁葱葱的森林，透过茂密的树枝，可以看到在众多荆棘和蔷薇的环绕下，矗立着一座古老的城堡。

古堡的年代似乎已经很久远了，高高的灰色城墙上爬满了暗绿色的藤蔓，如此之多的藤蔓快把窗子全包围了，有的甚至钻进了窗子里，透出几分阴森。

阴森的城堡前，此时却开满了白色的蔷薇花，风中的蔷薇花还带着清冽的微笑，单纯得令人神往，细腻如丝的白色那么轻盈，花瓣上的晨露犹如水晶一般，在清晨的阳光下折射出五彩的光芒。

这种场面似乎只有在电视上才能够见得到，小落张大了嘴盯着面前的古堡，顿时傻了眼，这是真的吗？就连站在她身边的缪壬教授都觉得十分惊讶，他也从来不知道森林中会有这么古老的城堡，它的年代足够做文物古迹让历史学家来考察。

“小落，你确定没有找错地址？沈墨昭的钻石还找得到吗？”当当在一旁发出微弱的声音，唯恐会惊动了古堡中的堡主。

苏小落的手脚有些发抖，战战兢兢地小声说道：“我想……应当没有错……可……现在应当……怎么进去？”

古堡木质的大门上布满了绿色的藤蔓，木质的门上并没有挂着锁，门也是虚掩着，可他们真的要从正门进去吗？如果被发现了该怎么办？

苏小落回头看了一眼缪壬教授，她想得到精神上的支持，可缪壬教授从来不知道这个古堡里面的情况，他也不好说，万一发生了意外，他真的负不起这个责任。

当当也摇着头，她不赞成小落闯进去，如果真的出了问题，恐怕也不是他们两个女孩子能够解决得了的事儿！

可小落真就是个执拗的姑娘，别人越是不赞成的事儿，她偏偏要去和不争的事实作对，非要把沈墨昭从这个古怪的城堡中救出来。

“你们放心，我一定会安全出来的！”小落把背包向上提了提，让缪壬教授躲在树丛中，“缪壬教授，委屈你了！进入古堡之后有什么险境我还不知道，所以不能带着你一同前去。当当你留在这里照顾好缪壬教授，我会很快出来的！”

小落安排好一切，从身边捡起一根比较粗壮的树枝，准备只身闯进去，却被当当一把拉住了。

“小落，你听话啊！那个沈墨昭就那么重要吗？我们回去吧……”当当说着，可小落却一把把她的胳膊甩掉。

她回头看了一眼那令她毛骨悚然的古堡，心里依然有些畏惧，可沈墨昭既然能够留下这么明显的踪迹，就是想让她来找到他，把他从这里解救出去。小落已经做好了一切的心理准备，她的心里也很有数，在这里并不会有多少的危险，除了要去面对沈墨昭之外，也只剩下夏白梦这个女生，还有她家族的图腾……

“当当，你放心好了！我答应你，我一定会安全地走出来，也会把沈墨昭成功地救出来！”苏小落的脸上绽满了成功的笑容，她相信所有的一切都会得到正义的相助，而在黑暗中的暗黑势力也迟早会被瓦解。

可任凭小落怎么说，当当都不会相信她的话，硬是死抓着她的胳膊不放手，而被安置在树丛中的缪壬教授也是很担心。缪壬教授思前想后了很久，终于做了一个决定：“当当姑娘，你和苏小落一起进去吧，这样你们还有一个照应，我自己在这里应当没事，你们放心好了！”

“可……”

“不用说了，你自己进去我也不会放心！”缪壬教授的眼角也湿润了，他自叹不如地说道，“我教了几十年的学生，还是遇到第一个像你心肠这么好的女生，你和其他的大小姐不同，有一颗善良的心，怪不得沈墨昭也有了这么多的变化！去吧，孩子……”

当当的眼角竟然湿湿的，她不想把缪壬教授扔下，可也不想让小落一个人去经历危险，矛盾的心情让她无比纠结。小落拉着当当的手，看得出来当当心里也很不好受。

“在这种特殊的情况之下，一定要懂得舍取，如果一味坚持恐怕会失去的更多。你们还年轻，有更长远的路要去走，何况我在这里不一定会遇上危险，我们一路走来都没有见到一个黑衣人，更加没有人跟踪我们，不是吗?”缪壬教授不断在给她们吃着宽心丸，为了让小落不担忧，他把自己的担心先放下。

小落轻咬着贝齿，把下唇咬得发白。他的话在脑子中翻转了几遍，终于做出了一个艰难的决定。

“好吧，我带当当进去，但是要把阿喵留在这里！如果……”小落顿了一下，她做了最坏的打算，“如果我们一个小时还没有出来，那么缪壬教授就带着阿喵走吧，不要回头，我们一定会追上你们的!”

小落把阿喵从背包里抱了出来，它泪眼汪汪地看着小落，似乎是在做最后的道别。

“落落……不要扔下我……”它委屈受伤的样子深深地印刻在了小落的脑海中，小落露出迷人的笑容，对它说道：“阿喵，我去救沈墨昭，缪壬教授就要拜托你来照顾了，千万要记得我的话，不许反悔!”

阿喵的眼泪冲破眼眶，它声嘶力竭地喊着小落的名字，可小落却拉着当当的手快速地离开了他们的视野，跑到了古堡的门前。

缪壬教授紧紧地抱着阿喵，看着小落和当当拉开沉重的大门，接着消失在那神秘的古堡背后……

“落落……你一定要回来……”阿喵一把鼻涕一把眼泪地喊着，它依偎在了缪壬教授的怀中，开始了他们漫长的等待……

Vol. 5

白昼的城堡，仿佛一切都在鬼魅中沉睡，绿色的藤蔓，白色的蔷薇，锈质的木门，斑驳淋淋的锁头……

小落说不害怕是假的，她和当当手挽着手，共同走入古堡的门廊中。

门廊的两侧挂满了中世纪的油画，虽然时间已经很久远，但鲜艳的颜色依然如旧，其画工都是上乘之品。当当指着其中的一幅画咂舌，这幅画她只有在电视才见过，没想到在这里能够亲眼看到，真是万分荣幸呢！小落把她的手拉下来，希望她能够规规矩矩地走路，唯恐这里会有什么机关。

地上铺的砖整齐干净，古堡内部的角落里没有任何灰尘，看样子这里经常有人出入，并且还有专人来打扫得如此干净。小落左右仔细地看过再向前走去，每一个地方都观察得仔细入微，她不希望还没见到沈墨昭，就被葬身于古堡的暗器之下。

“小落，不用这么小心吧？我看这里应当是有人住的，不会有你想象的那么恐怖……”当当附耳在小落旁边嘀咕。

小落摇摇头，捂住了她的嘴，让她不要说话，她用对口型的方式对当当说道：“不，这里很危险，我的第六感很强的！”

小落拉着当当走过斜长的廊子，转角处便进了主厅。

华丽的主厅的地上摆放着优雅高档的波斯地毯，艳丽的颜色在水晶吊灯的照耀下显示出它华贵的一面，正对着廊子的前面有暖暖的火炉，随着火光的跳动，小落的心几乎要停止下来。

8 神秘古堡

主厅的中央是欧式的沙发和茶几，高贵的金黄色让小落觉得有些俗气，她宁愿喜欢清澈透明的蓝绿色。茶几上摆着银光闪闪的餐具，墙壁上挂着的烛台也点燃着，随着烛火的跳动，火光在墙壁上闪耀着、摇曳着……

这所有的一切就像白雪公主的宫殿，拥有一切华贵的奢侈品，令人眼花缭乱。当当的眼睛几乎要掉了下来，她这辈子恐怕也没有机会坐这么漂亮昂贵的沙发，也没有机会用如此高档的餐具吃饭，简直就是在梦中一般。

小落瞪了她一眼，怪她没有出息，见到这些就失去了理智。其实她的心里也有些激动，从来没有见过世面的她，怎么不为这些华丽丽的装饰而动心呢？但她做人还是有准则的，她来到这里是为了救沈墨昭，并不会为这些身外物迷惑。

小落依然小心翼翼地移动着脚步，通往二楼的楼梯竟然被一道沉重的铁栅栏锁住了，栅栏上有一个像星盘一样的东西，布满了小孔，这应当是锁，一种很特殊的锁。

当当一抬头，一个摄像头对准了她们，她急忙躲了过去，拉过小落让她看。

小落点点头，这里似乎是有人布置好的机关，甚至是有意让她们闯进来的，那么这些人一定会给她们留下线索，让她们能够顺利地通过这次考验。

她俩对着那把很陈旧的锁，研究了很久很久，却也没有找到一个钥匙孔，这把锁应当怎么才能打开呢？小落回头环视了一下略微有些凌乱的主厅，沉住气，小声地对当当说道：“我们分头去找，希望能够找到符合这个锁上面形状的物体！”

正厅虽然说并不大，但也足足有四五十平方米，小落和当当也要在这里找上一阵子！尤其是这里烦琐的地形，让小落有些头疼，那些浅颜色的砖头，和深颜色的印记，她不敢妄自踩上去，所以每走一步都举步维艰。当当和小落分成两面，她在另外的一面寻找，也是十分小心谨慎。

而她俩在寻找的过程中，不断地发现有隐蔽的摄像头在观察着她们，令她们的精神总是高度紧张，心脏一直提在嗓子眼，不敢松懈一分一毫。

小落几乎把墙壁的每个角落都摸得清清楚楚，把能打开的抽屉全部找个遍，并且连挂在墙上的壁画都摘了下来看过背面，可就算是这样也是一无所获，难道说这把钥匙真的就是凭空消失了吗？当当也像小落一样寻找得仔细，但结果却是和她相似。

进来时高涨的情绪开始慢慢减退，小落和当当心里的落差也到了低谷。

“小落，摄像头会动，它们把所有的摄像头都对准了我们，难道说他们已经发现我们闯进来了?”当当看到了这一点，她再也不忌讳了，竟然在主厅里大声喧哗起来。

如不是当当提醒，小落也不能发现这诡异的现象，难道说在古堡的二楼，或三楼上有人监视着她们的一举一动?

小落沉住了气，喊道：“既然你们能够看到我们，那么就把铁门打开，让我进去找沈墨昭！不要鬼鬼祟祟地在背后做小动作，我要面对面和你们对峙!”

小落的话音刚落，铁门动了几下，却因为有锁的关系依然打不开。而在棚顶上传来一个深沉的声音：“只要你们找到了解开铁锁的钥匙，一定能够找到沈墨昭……”

苏小落吓了一跳，她靠在墙上，向着声音的来源仰着头喊道：“什么钥匙啊？你总要给点提示吧，这让我们去哪儿找啊？”

那个声音停顿了很久，才给出一个不算是明确答案的答案：“钥匙……就在你们的身上……”

小落拧紧了眉头，反复地念叨着那句话：“钥匙就在我们的身上？”她把当当喊了过来，让她把口袋里的东西全部都倒出来，除了绳索和刀子之外什么都没有。

“当当，他是不是在骗我们啊？”当当也觉得奇怪，抬手指着门上奇怪的锁，“这世界上怎么有这种奇怪的东西呢？连钥匙孔都没有，我们要怎么找？”

“不，我觉得他应当没有骗我们，只不过我们还没有找到答案！”小落走了过去，再次仔细地研究挂在上面的锁，坑坑点点的地方似乎很像她身上的一个东西，真的很像，她把放在身上的钻石拿出来对比了一下，钻石刚好能镶嵌进去，“没错！就是它！”

当当和小落惊喜地找到了，她们俩小心翼翼地把每一颗钻石镶嵌进去，一个不多一个不少，恰到好处。

铁栅栏门晃动了几下，缓缓地升了上去。

“我们成功了！”小落兴奋地喊着，“快，我们去找沈墨昭！”

9 古堡惊魂

不要错过一同经历的惊险历程，也不能错过我们一同奋进的承诺。

你不断地在我耳旁激励，前进的动力不曾消减。

奋起。

Vol. 1

苏小落不敢在石阶梯上休息片刻，转入古堡内部，仿佛走进了一座古老的圣殿。只见这座用磨光大理石砌成的古堡内，其内外雕刻物皆似鬼斧神工之作。内部森然罗列的高大石柱，气势傲然，挑高的天穹仿佛接通了天堂，让人感觉亦幻亦真。

古堡的两侧，是七彩窗花彩绘和几幅欧洲版的十二生肖图。阳光隐在玻璃窗外，让每一幅玻璃图案色彩缤纷。大堂内烛光摇曳，小落和当当提着心，向楼上走去，她们已经走进一种深邃致远的意境。

“小落……这里看上去很贵气啊，他们究竟是什么人呢?”当当一边摸着墙壁上突出的壁画，一边对小落唠叨。

小落把当当的手从墙壁上扯下来，瞪了她一眼，很谨慎地说：“千万不要乱动，我们只是来找沈墨昭的！一个房间一个房间地找，找到了就快速离开!”

当当推开手边的一扇门，看到里面的情形，她竟然忽闪眼，腿都不管用了，站在原地……

这房间令她们各种喜欢啊，整个房间都挂满了用金花点缀的深红色织锦。在房间的凹处，有一样长沙发模样的东西，上面放着几把流转着淡淡光晕的宝剑，剑鞘是镀金的，剑柄镶嵌着一颗颗晶莹夺目的宝石；从天花板垂下一盏琉璃灯，外形和色彩都很迷人；脚下踩的是能陷至脚踝的波斯风格地毯；数道门帘垂落在门前，另有一扇门通向第二个房间，里面似乎被照耀得富丽堂皇……

“落落……这……这是真的吗?”当当掐了一下自己的胳膊，真的会痛，“这简直就是传说中的宫殿，我喜欢死了啊!”

小落真心觉得当当是没有见过什么世面，她第一次见到维尔利斯学院的时候也有这种感觉，可在那种环境下熏陶多了，也没有觉得这有多么豪华，只是相对来说比学校的奢侈了一些而已。

“当当，别白痴了！再喜欢这些也不会是我们的，快点找吧!”小落向房间内扫视了一圈，房间里依然四处布满了摄像头来监视着她们，小落无奈地叹了一口气，大声地说道：“被人监视的感觉真的超烂，也不知道偷窥别人的隐私真的有那么刺激吗?”

从墙壁上传出嘶嘶啦啦的声音，似乎应当是喇叭有些接触不良，所以说话的时候小落根本听不清楚。

当当在墙壁上不断地寻找着机关，却找不到任何蛛丝马迹，而她的目光缓缓地向里侧的房间看了过去，那里似乎有她更加关心的东西……

“当当，你在做什么?”小落用棍子敲了敲喇叭，它竟然坏掉了，一点声音都没有，“我们去其他的房间看看，这里应当不会有什么机关了!”

还没等小落说去哪儿，当当已经钻进了里面的房间，这里要比外屋华丽得多。可当人的视觉长时间处于紧绷的状态，就算看再漂亮的东西也有疲劳感，索性觉得没有任何意思了。

“小落，这里也是空荡荡的，难道你认为他们会把沈墨昭放在这里让我来找吗？我觉得一定还是有什么机关……”当当一屁股坐在了沙发上，她才不管有没有摄像头在看着她，“你也来做，反正沈墨昭又跑不了，我们休息一下嘛!”

“你疯了吧？你就不怕这里真的冒出来个什么怪物之类的，别忘了我们身上除了这根棍子，什么都没有!”小落一把拉起了她，她可不想还没有救沈墨昭，自己先被这些人抓去了。

“可……”

当当的“可是”还没有说完，小落已经发现了一些端倪，她不断地在房间搜索着，似乎所有的房间都有一个共性，这是她们起初忽略的。

“当当，你有没有注意到，似乎这些房间都有一个共性，所有的烛台只有一边，另外的一边总是没有蜡烛……”

“有吗?”当当回忆着，似乎她并没有这种印象，“可能是吧，我都没有注意到，只顾着找沈墨昭了!”

小落仔细回忆，如果她没有记错的话，应当是右边的都不在，可蜡烛又能说明什么呢?小落一边想一边在墙壁上看着。

墙壁上投射出蜡烛的倒影，火光在墙壁上摇曳着它的身体，扭曲的形态令小落想到了更多……

“如果……如果把另外一只蜡烛也拿下来的话，会是什么样子呢?”小落突然联想到了一件事，当当并没有插话，“当当，快来帮忙!”

当当不由分说，搬来了凳子，直接把蜡烛从烛台上拔了下来。

可拔掉了蜡烛似乎并没有任何变化，只是觉得房间里黑了一些而已，小落看了看另外一面墙上的蜡烛，她自己也动起手来，她和当当把房间里所有的蜡烛全部熄灭，奇异的事情发生了……

按理说房间里没有了光，应当是漆黑一片，可内室里凭借着外屋的灯光，隐约地可以看到墙壁上竟然有一个类似门型的光圈，在金色的光圈之下，里面散发着异彩的光芒。从门里流出来的光彩吸引着小落和当当的目光，她们始终盯在了那个上面，越来越被它迷住了。

“小落，那……那是什么?里面还有暗室吗?”当当心里翻搅着，似乎下一秒钟她就会被那种魔气吸进去，整个人有些发呆。

苏小落的右手有些酥麻，也不知是不是被里面的魔气吸引，她慢吞吞地向那个金色的光圈走过去，当当跟随在她的身后，逐渐地靠近了，靠近了……

“进来吧，既然都被你们发现了……”

从光晕的后面传来一个诡异的声音，那声音听上去很耳熟，小落在脑子里转了一圈，终于想到了，他竟然就是喇叭里的幕后人……

小落迈出了脚步，进入了这道光晕之中……

Vol. 2

在外面看上去金碧辉煌的光晕，进到里侧才发觉，其实这里很暗，除了墙壁上挂着的蜡烛几乎没有其他照明的设备，能见度只在三步之内。

“小落，这里好黑啊！会不会很危险?”当当拉着的小落的手已经开始冒汗，这里阴森恐怖的环境确实令人感觉窒息。

但小落并不是这么想的，她总觉得是有一个人故意牵引着她们来到这个地方，似乎这距离她们寻找诅咒和幽灵组织的真相越来越近了起来。

“嘘……你别说话!”小落把耳朵靠近墙壁静静地听着，似乎在这道墙的后面有人在说话，虽然听得不是很清楚，但可以辨认得出来是两个男人在对话，“我们快点，就在这个墙的后面!”

“后面? 可……后面怎么进去? 我们又不会穿墙术!”

小落用手中的棍子不断地敲击着墙面，她希望能从墙面听到空洞的声音，这样就可以找到入口。可她们一路走下去，墙壁竟然都是实心的，连半点希望都没有给她留。

“你们不用徒劳了，只要你坚持继续向前走，一定能够找到我的!”那个声音再次回响在空洞的走廊中，令小落不禁打了一个冷战。

当当拉着她的手更加紧了起来，一点都不敢松懈，唯恐下一秒钟小落也会消失在这漆黑的走廊中，她颤悠悠地对小落说："猫娘，我们回去吧，这里真的太恐怖了，万一发生什么意外怎么办啊?"

小落心里也有些打怵，但想到沈墨昭依然被困在这个迷宫一般的地方，她的心里也不是滋味起来，当当说的话也有道理，在黑暗中的人究竟是谁，她的心里都没有把握，又怎么去和他抗衡呢?

"当当……如果你害怕的话，那么你先走吧！我把沈墨昭救出来，马上离开这里!"小落坚定了信念，她不能为了自己一时的冲动而放弃救沈墨昭，她从来也不是个无情无义的人。

当当紧紧地咬着下唇，已经吓得脸色苍白的她有些退缩了，她并不是不想帮小落，可现在的这种气氛是任何一个少年都没有办法承受的，她的心灵不断地遭受着一次又一次的打击，并且每次愈加严重……

黑暗中的当当可以感受得到小落坚定不移的信念，她也不想让小落把她当一个懦弱的退缩鬼，她只能硬着头皮继续和小落前进。

"算了，已经走了这么远，我也不敢回头，还是继续走吧!"

越是向内侧的时候，甬道越是狭窄，逐渐地烛光也黯淡了下来，令甬道让人觉得压抑，整个人都没有办法喘气，呼吸开始困难……

最终小落和当当依然没有摆脱厄运，昏迷在了甬道之中，而从黑暗的角落里呈现出了一个男生的身影，他拿着火把照亮了她们稚嫩的脸庞，嘴角上扬着邪魅的微笑，看来这场游戏，他依然是胜利者。

小落和当当被带到了一个宽敞的大房间里，周围布满了各种各样的仪器，很多都是实验室无法见到的，而沈墨昭被绑在了一张椅子上，他瞪大了眼睛盯着小落和当当，想要冲破嗓子发出声嘶力竭的声音，但这一切却是徒劳的，他竟然没有办法说话。

站在他身后的少年抚摸着沈墨昭的肩头，和煦的语气对他说道："你不用担心，她们只不过是昏迷过去而已，很快就会醒来的!"

可这并不能平息沈墨昭的情绪，反而令他更加抓狂起来，他不断地用力摇晃着被绑在椅子上的手脚，可牢固的胶带把他绑得很牢固，令他没有一丝活动的空间。

"不用挣扎了，你还是放弃吧!"他嘴角绽放出诡异的笑容，和他之前救沈墨昭时候的笑容一样，"虽然我很不想把你们带到这里，可你们已经违背了游戏的规则，擅自闯入了我们的禁区，知道这个秘密的人我们都不会放过，包括你，还有你的朋友……"

沈墨昭像蝌蚪一样摇晃着头，他绝对不想让小落和当当陪他一起死，他又不是那个冷若冰霜的夏白梦……

"夏白梦?"沈墨昭的脑海中突然浮现出了夏白梦的样子，这一切她才是始作俑者，他要找到夏白梦问个清楚，他平静一下情绪，想怎么才能把嘴上的胶带撕下来，只要他和夏白梦好好求情，她不会不顾及他们的婚约。

沈墨昭想尽了一切的办法让身后的男生注意到他，他已经猜测到了沈墨昭的想法，用刀子轻轻地把沈墨昭嘴上的胶带挑开一个边，凑到他的耳边问："怎么?你有什么话要说吗?"

"我……我要见夏白梦!"沈墨昭大了几倍的声音，想把小落和当当吵醒，可她们还是一动不动。

“夏小姐这个时候恐怕见不到你，因为她自己也在水深火热之中呢！我看你还是乖乖在这里等待好了，只要指令一发，恐怕你要是想见她就要下辈子了！”他在沈墨昭的耳边吹着风，冷飕飕地钻到他的脖领子里面，后背的鸡皮疙瘩都竖了起来。

“你……”

还没等沈墨昭把话说完，他已经把胶带再次地封在了他的嘴上，让他支吾着也听不清楚在说些什么。

“你放心，夏小姐不会像你这么惨，毕竟她可是老爷的千金！”

沈墨昭的脑袋顿时嗡的一下大了起来，难道……难道幕后的主谋并不是夏白梦，而是夏白梦的爸爸？可……这究竟是为什么？而为什么又要把他们拖下水呢？

Vol. 3

三个少年被关的房间是个暗室，这里面没有华贵的装潢，也没有奢华的装饰品，只有简单的几件家具，其他全部都是由实验的架子组装而成，堆积在墙面的各个角落里。

而沈墨昭被绑在的椅子，也并不是普通的椅子，那是一把用特殊材质做成的椅子，它可以瞬间发出致命的毒物，令人毫无痛苦地死亡……

小落和当当仅仅是被捆绑着扔在了地上，似乎要比沈墨昭自由很多，可她们却一直处于昏迷的状态，反而令沈墨昭担忧，他怕她们见不到他最后一面。

墙壁上的暗门被人推开，从门缝中走出一个身着白色衣服的少年，他站在阴暗处，用假嗓子问沈墨昭："怎么样？这种感觉很不好受吧？要不要放松一下？"

"唔唔……"沈墨昭从嘴里发出唔唔的声音，却没有办法说话。虽然这个少年用假声说话，但他似乎已经听出他的声音，他对这个人很熟悉，很熟悉……

"看你真的很痛苦，不过很快就好了！等你离开了这里，苏小落和当当会安全离开的，我不会伤害她们……"

他越是这么说下去，沈墨昭的情绪越是高昂，他才不要让这种人生活在苏小落的身边，他太危险了。

"阿依，你可以把他解决了！"他凛冽地在沈墨昭的对面说着，脸上不带有任何一丝表情，似乎那个冷血的称号不是沈墨昭的，而是他的。

沈墨昭在最后的关头才知道，那个救了他的少年竟然叫阿依，可已经晚了，一切都会随着他生命的终结而变成了泡沫。沈墨昭不愿相信这就是他生命的尽头，他依然在奋力地挣脱着，希望能够有一次重生的机会。

阿依把刀从身上再次拿了出来，在沈墨昭的面前晃了晃，他终于看清楚了刀上的图腾，竟然和杀手的图腾是一样的，原来救他的和杀他的是同一伙的人，怪不得他总是觉得奇怪。可阿依看上去并不是冷血无情的人，他真的能下去手吗？

沈墨昭紧闭上了双眼，他没有任何挣扎的余地，只能等着来受死。

刀已经碰到了沈墨昭的脖子，冰冷的铁质感传遍了他的全身，他的心几乎要停止了跳动，只要再下一秒，再下一秒，他真的就会死了……

“住手!”从暗门中闯出了另外一个人，夏白梦。

“不要阻挠我，事情已经成定局!”他竟然恢复了原来的声音，让沈墨昭更加确定了，他就是昊轩，那个戴着虚伪面具的昊轩。

“放屁！我才不允许你伤害沈墨昭，难道你忘了我们的约定?我们要各取所需，既然你喜欢小落，那么也不要去伤害我所喜欢的人！何况，何况我们迟早会是一家人，知道了秘密又能怎样?”夏白梦不顾昊轩的阻挠，她一定要把沈墨昭从这里带走，就算昊轩和父亲全部的力量都加在一起，她也不会放弃。

“你疯了吗?”昊轩几乎用尽了全部的力气去拉住她，他不允许任何人破坏他的计划，就算是夏白梦这个大小姐也不可以，“今天我一定要让沈墨昭受到应有的惩罚，你忘了他都对小落做过什么吗？你……”

夏白梦把昊轩从黑影中拉了出来，她站在小落和当当的前面，恨不得用脚踩踏在她的头上，她从来都看不惯小落的作风，更加不喜欢有男生维护她，而昊轩和沈墨昭已经颠覆了她心底所有的骄傲，让她作为一个千金小姐的自私行径完全暴露在众人面前，她怎么能够让昊轩放掉小落?

“昊轩，如果今天你要敢让阿依碰沈墨昭一根汗毛，那么我一定会让你连苏小落的尸体都找不到!”

“你……”昊轩看着依然还处于昏迷状态的小落，他真的不忍心。

虽然昊轩欺骗了她，也欺骗了沈墨昭、当当和缪壬教授，可这一切在他的心里都是不应当出现的，也就避免不了一场伤亡。

昊轩半闭上了双眸，他倒是要看看究竟谁才能笑到最后。他一直以俊男而著称，可当他脸上失去了原有的灿烂笑容之后，一切都变得不一样了。昊轩的冷酷更像个杀手，来得要比沈墨昭勇猛……

“那么我们就看看谁来得更快！”昊轩一个犀利的眼神丢了过去。

阿依的刀向沈墨昭的脖子挺近了一寸，一道殷红的血迹绽放在沈墨昭白皙的脖子上，沈墨昭不敢挣扎，唯恐刀会更加深地刺进去。

“不要……”夏白梦就要流出眼泪，她的心刺痛一般地疼着，“昊轩，你究竟要怎么才能够放过沈墨昭？”

“那……就要看你夏老先生的意思了……”昊轩故弄玄虚，他把夏白梦已经要踩到小落的脚踢开，瞪了她一眼，“你最好和小落学习一下，她的胸襟和度量是你学不来的！”

“梦梦，不许胡来！”喇叭中的声音再次响起，夏白梦只好收手，她拉着昊轩说道，“我现在就带你去找他，就算是拼了命我也要让沈墨昭活着走出去。”

阿依的刀已经离开了他的脖子，他也舒了一口气。

沈墨昭似乎明白了些什么，原来昊轩和夏白梦的父亲有着什么不可告人的秘密，难道这个秘密就是关于幽灵组织吗？而这个组织的背后又在做什么诡计？会威胁到水漫城堡吗？

Vol. 4

苏小落和当当躺在地上一动不动，她们的状态看上去就像两具死尸一般，令沈墨昭的心情沉重。他仍然很想发出声音令她们察觉，可那些依然是徒劳的，站在他身后的阿依一直盯着他，让他连动的机会都没有。

“唔唔……”沈墨昭再次尝试让阿依放开他的身体，可阿依根本都没有把他的反应当回事儿，反而是盯着躺在下面的苏小落和当当。

小落踢了几下腿，脑子里似乎闪现出一个画面，她在迷蒙中似乎听到了沈墨昭的呼喊，可那个声音似乎很远很远，远到几乎让她听不见。苏小落的心里惦记着沈墨昭，她一心想把这个大少爷从危难之中解救出来，情急之下她猛然地睁开了眼睛。

“沈墨昭!”她几乎是喊出来的，她想上前和他交流，和手脚都被绑住了，根本没有办法动，“见到你真的太好了，这里究竟是哪儿？到底发生了什么事儿？我……我和当当怎么会在这里?”

沈墨昭的嘴已经被封住，没有办法和小落交流，但能够亲眼看着小落从昏迷中清醒过来，他已经很高兴了。阿依看到小落已经醒来，他那把银晃晃的刀在沈墨昭的面前晃了几下，终于还是不忍地把他嘴上的胶带挑开，说道：“有什么话你们快些说，但千万不要妄想从这里走出去……”

“小落，你没事吧？看看有没有受伤？这都怪我，开船的时候睡着了，不然也不能发生这种意外!”沈墨昭有些懊恼，如果不是他的过错，小落和当当也不会被抓住。

“我没事……”小落正了正身子，坐了起来，“也不能怪你，来救你也是我的主意……”她用力地揉着头，或者是受到了强烈的撞击，她的头说不出来的疼痛，“可……可究竟发生了什么?”

“嗯……一时半会儿我也说不清楚，不过你千万不要相信昊轩，他不是好人！”沈墨昭并不想恶语中伤别人，只要他想到昊轩刚刚和夏白梦的对话，他就有些后怕，“一定记住，千万不要被他蛊惑了！”

苏小落还在迷蒙中，虽然不明白沈墨昭为什么会把昊轩刻画成邪恶的恶魔，但他一定有他的道理。小落用尽全身的力气踢在当当的身上，想把她从昏迷中解救出来，可任凭她怎么动，当当依然昏睡不起。

“那个男生，你敢不敢把我们松绑？虽然我知道你一定不是好人，但你的心肠并没有那么狠毒对吧？”苏小落故意把阿依的地位抬高，可这似乎并没有什么效用。

“你还是放弃吧，没有堡主的同意我不会做任何事情的！我已经给你们很大限度的自由了……”阿依的脸上没有任何多余的表情，冷得像一块冰。

“那你敢不敢……”

“不敢！你不要有过多的奢望，再说些没有用的话，我也把你的嘴封起来！”阿依显然已经失去了耐性，他把所有冷酷的一面全部搬了出来，任凭小落用什么招数完全不管用。

“好嘛好嘛……”小落只能收声，可他们一定要找一个方式逃脱，在这里被困着并不是件好事。

苏小落扫视了一圈这个房间，并没有找到摄像头，难道说这里没有人监视，是个密室不成？有什么方式能把阿依骗走呢？小落的脑子转了一个圈，突然想到一个办法，但也不知道能不能奏效。

9 古堡惊魂

“沈墨昭，糟了！我才想起来一个很严重的问题！”小落装作很惊讶的样子，想引起阿依的注意，“缪壬教授啊，缪壬教授这会儿一定去搬救兵来帮我们了，可……可他们不知道我们在这种地方，你说怎么办？”

阿依瞥了她一眼，缪壬教授他根本都没有放在心上，他也并不是这次行动的重点对象。

“缪壬教授回城里了？可……可他怎么才能找到救兵来帮我们呢？”沈墨昭有些晕，就算缪壬教授真的赶回来，那么也不知道他们现在的处境，来了岂不是更危险？

“嗯，你忘了我们还找到了另外一样东西？缪壬教授要把幽灵组织的真面目揭开，要让更多的人知道他们的罪行，还有谣传的诅咒，一切都是假的！缪壬教授已经解开了幽灵组织背后的力量，他一定会帮助我们的！”小落说得头头是道，“可……可问题是我们应当怎么通知他，我们现在的处境？”

阿依的眉头深锁，乌黑的眸子不断地闪烁着，他在思考小落说话的真实性。

幽灵组织已经在水漫城堡中有几十年的历史，他们私下所拥有的势力也是超级强大的，但如果他们的恶行被城中其他的权贵得知，那么所有的努力将付之东流，一切努力都将会白费。

“真的？”沈墨昭反而变得兴奋起来，“如果是这样的话，那么夏白梦她爹就不会如此嚣张，昊轩也会因此得到惩罚的！”

苏小落迎合着沈墨昭，或者这就是沈墨昭得到的最新消息，而她口中的一切完全都是假的。好在，小落的演技还算不差，真的欺骗了阿依的榆木脑子。

“你们妄想，我不会让你们的教授得逞的！”阿依放开捏在沈墨昭身上的手，迈开步子从墙上摸到了一个按钮，打开暗门从暗室离开。

阿依忘记了最重要的环节，他没有把小落的嘴封上，也没有把沈墨昭的嘴封上，这次可是给了他们最好的机会逃跑。

苏小落趴下把当当身上的绳索咬松，解开她的绳索，并且狠狠地在她的身上咬了一口，让她硬生生地疼醒了。当当能够活动自如，把他俩的绳索都解开，然后按照阿依离开的步骤，也悄然地从暗室里离去。

三个人从暗室出来，大气不敢喘一口，唯恐会被周围的人察觉，小心翼翼地寻找着城堡的出口。

Vol. 5

“来，这边走！”小落总是能够发现暗道里没有摄像头的部分，可小落却忽视了一个问题，没有摄像头的地方，也就是根本没有人去的地方，没有人去的地方该多危险？

在这种环境之中，当当已经失去了方向感，这并不是丛林，对于她来说这里一切都是陌生的，只能跟随在小落的身后走。而沈墨昭在这里也已经受到了很大的刺激，他完全没有主意，也只能听从小落的安排。

“小落，这边……这边我们好像刚刚来过了……”沈墨昭也逐渐地开始仔细地观察起来，每个转弯处都有一个特殊的标记，而走了几圈之后，又回到了起点。

9 古堡惊魂

小落拧紧眉头，她也不确定这里究竟是什么地方，但一定要找到另外一个暗门，他们才可以顺利地从这里走出去。可这个鬼地方就像迷宫一样，到处都是分岔路口，到处都有监控设备，只要被一个监控拍摄到了，那么恐怕他们就甭想从这里离开。

“猫娘，会不会我们一直都是错的？其实出口在另外一边？”当当做了大胆的猜测，“既然我们在这里也转不出去，要不然我们回到起初的那个房间，说不定可以找到另外的一条路？”

两个选择，苏小落不知应当如何选择。但这里环境确实很险恶，并不是他们这些少年能够参透的，要不回到起初的房间寻找，要么继续前进一搏。都说好马不吃回头草，苏小落也是一个执拗的孩子，她偏偏不相信在这迷宫一样的地方，没有办法走出去！

“走，我就不信了！”苏小落坚定了一下信念，继续在墙上摸索着暗门的机关。

“等等！”沈墨昭突然想到了一个问题，“小落，我看过每个转角的图标，每个图标都代表了不同的意义和方位，它们之间有着细微的变化。其中的一个图腾的标志不会动，但是代表了方位的那个图标却是在移动的，我们是不是忽略了最简单的？”

“没错！”小落差一点喊出来，她再次压低了声音对当当说道，“你帮我回想一下，这个古堡的大门应当是在什么位置的？我们看看能不能把大门的位置找准，然后就可以顺利走出去了！”

当当的脑子还有些混乱，她需要时间整理一下脑子中的思绪。过了几分钟的时间，当当终于想通了一个道理，他们走进古堡的时候恰好是早上太阳升起的时候，太阳在古堡的后面，而古堡的正门是在古堡的左侧，那么大门应当是坐南向北的方向。

搞清楚了方向，他们就比较有目标性了。

在苏小落的带领之下，他们找到了南方的图标，研究了很久之后，他们决定还是应当在原地搜索暗门。可整条暗道都是黑乎乎的，只有微弱的烛光散发出幽光，而且他们所在的位置比较隐蔽，更加没有什么光可以帮助他们。

沈墨昭想到了一个不错的办法，他悄悄地躲开了监控器的控制范围，拿到了几根蜡烛，分给其他两个人，这样他们就有足够的光亮找到暗门的所在地。

当当刚刚接过蜡烛就在墙壁上发现了奇怪的东西，她把手指轻轻地触碰在了上面，轻轻地摸了一下，并没有敢用力地按下去。那东西冰凉凉的，好像是金属质感的，这究竟是什么呢？

“猫娘，这是什么东西啊？”当当的手指还没有离开墙壁，小落突然大喊了一声，“不要乱动！”

当当受到了惊吓，狠狠地按了下去，突然从那个位置射出来一至箭，箭头坚硬地扎在了另外一个墙壁上。当当吓了一跳，整个人傻住了，苏小落急忙从另一端跑了过来，她也被吓住了。

沈墨昭忙问：“发生了什么事儿？”等他过来的时候，也被吓住了，“怎么搞的？难道这里还有暗器不成？”

当当惊魂未定，靠在小落的怀中，委屈的泪水在眼中打转，她从来都没有遇到过如此危险的事情，今天险些要了她的小命，委屈的样子让小落有些心疼。

“我们三个还是不要分开找了，一起找吧！墙上有暗器，我们都要小心一点！”沈墨昭的提议让小落和当当安心了许多，刚才惊魂事件令两个女生都承受不住。

9 古堡惊魂

苏小落把所有的情绪全部压低，恨不得让自己赶快离开这个邪恶的地方，她一分钟都没有办法忍受了。

“沈墨昭，你和我说昊轩不是好人，你是不是看到了什么不应当看到的？夏白梦和昊轩究竟在搞什么鬼？这里难道就是他们的老巢？”苏小落终究抵不过心中的疑惑，还是把问题倒了出来。

沈墨昭借着火光点着头，他不想欺骗小落，说道：“是的！这里是夏白梦父亲的古堡，他好像和昊轩进行着一项什么大阴谋，而我们误拿了他们的东西，所以才招来这么多的杀身之祸，还连累了当当……”

“他们的东西？难道你是指你身上的那些钻石？还有……还有带图腾的刀？”小落迟疑了一下，手中一抖，不小心把蜡烛掉在了地上。

瞬间空气中的光亮少了一些，原本处于黑暗中的他们变得更加压抑起来。沈墨昭把他手中的蜡烛交给苏小落，现在的他已经学会了去照顾别人的感受，不再把自己摆在第一位。

“没错，如果不是那些钻石的话，恐怕你也不能找到这里吧？”沈墨昭已经猜到了，当然如果不是他有心机，把线索留给她，恐怕小落也不可能发现。

苏小落的脸上露出了笑容，心里踏实了很多，“没错，不过我也不会后悔来救你，至少我知道了一个天大的秘密！希望我们能把这个秘密带出去，让更多的人知道，揭穿他们的恶行！”

蜡烛摇曳的火光照耀在墙壁上，随着那摇摆的火光，沈墨昭突然发现了一个异常的现象。

“等等……”沈墨昭喊住了小落，“你看……这是不是通往正门的方向呢？”

幽暗的暗道中有一道墙壁缩进去了一部分，火光在缩进的部分竟然照了进去，斜长的影子投到了地上，里面一片漆黑。

三个人对视了一番，轻轻地推开了那道砖门。

Vol.6

“我们终于见面了……”黑暗中一个声音在空气中徘徊着，那冷酷无情的声音穿透了他们的耳膜，深深地印刻在了心窝上，让三个少年几乎矗立在了原地，不敢再向前走一步。

小落左面拉着当当的手，右面拉着沈墨昭的手，可手心已经满是冷汗。她不是第一次听到这个声音，可每次听到这个声音的时候，身体里都会有一种原本的能力开始上升，有意识地想要去抗拒这声音，但却没有办法从身体里排除这种感受……

“怎么……究竟是怎么一回事儿?”小落在脑子里不断地回想着这个声音，上次听到并不是这个声音。

沈墨昭感受到了小落的紧张，不断地从手掌传送力量给他。

空气中凝结的气氛令他们无法摆脱，尤其是那远远的声音，依然还在不断地刺过他们的耳膜，从心里渗出来的恐惧是没有办法阻止的。

“我……”小落不断地控制着自己的情绪，半许才从口中挤出来一个字，却又不知道应当如何和他接下去。

沈墨昭握着她的手加大了力度，和空气中回荡的声音说道：“你不用弄虚作假，出来和我们见面，别躲在黑暗处让我们看不见！让苏小落见见你真实的、恶心的面孔!”

9 古堡惊魂

很显然沈墨昭这是在针对昊轩所说的话，可当他话音刚落，周围的灯光闪亮起来，耀眼的光芒在面前闪烁起，他们有些睁不开眼，直到对周围环境的光逐渐开始接受了，才能看清楚周围的环境。

苏小落一眼就认了出来，这里就是她和当当进入有着蜡烛烛台的暗道的那个房间，可似乎也有些不太相同，究竟是哪儿的问题，她却又说不出来。

而坐在他们面前竟然是一个年过中旬的中年男人，身上穿着一身华贵的欧式服装，手上还拿着一把很漂亮的击剑，他真的像童话中的王子的年长版，可刚刚的那个声音真的是这个男人发出来的吗?

苏小落咽了一口口水，战战兢兢地开口问道："你……你是谁?"

他嘴角上扬着露出美好的笑容，轻挑着眉梢，脸颊浅浅地有两个酒窝显露，他张开嘴，顿了一下，优雅地回答道："我就是你们要找的人，我会给你一个完整的回答，然后……"他的话停住了，声音像鬼魅一般消失在空气中，人却变得更加优美起来。

三个少年脸上的表情顿时僵持了，原本他们以为遇到了救星，可这次他们真的错了，这个男人就是来终结他们生命的使者。

那个男人的笑容真的令人迷醉，小落盯着他的脸几乎要窒息得说不出话来，他似乎有某种魔力一般，能够吸引人的眼球，让所有人把目光全部集中在他一个人的身上，忘却本身应当做的事儿。

沈墨昭就怕苏小落会发生临时变化，他用力地攥紧了小落的手，直到把她从迷惑中拽出来。小落抖了一下肩膀，把刚才那种幻觉全部甩掉，她沉了一口气，把目光转移到别地地方，不再盯着他看。

"刚才和我们说话的人就是你吗？你是幽灵组织的头目？这里

究竟是什么地方？你为什么要抓我们？”小落把自己不清楚的问题一口气全部都倒了出来。

就算今天真的是他们的末日，那么苏小落也要死得有骨气，也要死得明白。

男人嘴角的笑容逐渐地开始变换着，从鬼魅般的笑容渐渐转变成了邪恶，就连面部表情都有着细微的变换。他不像一个人，反而像一部被人控制的机器，可以凭借着外界人的感染，而随意改变着自己的形态……

“苏小落同学，你的问题还真多……”他竟然说出了小落的名字，并且声音变到了刚才那种深沉的状态中去，“不过既然你想知道，我会都一一作答！”

他停顿了一下，开始解释之前的那些疑问：“我，就是幽灵组织的头目之一，也就是在空气中和你对话的那一个人，我是神秘的，见过我的人都会很神秘地从这个世界消失，所以……你懂的。”

三个人同时倒吸了一口凉气，脑子顿时清醒了许多，而那个人的最后一句话也始终在脑海中徘徊着。

他真的会把他们杀死吗？

他很清楚地看到了三个人奇怪的表情，也收获到了他想要得到的信息，诡彩的笑容再次在嘴角绽放出来，沉重的声音再次在空气中划过：“这里就是我们幽灵组织的聚集地，只要是核心的头目都会聚集在此，我们在这里开最重要的会议，决策最重要的决定，而这些决定都是有关乎整个水漫城堡的存亡……可以说，我们是决定水漫城堡生命的人……”

决定生命的人？小落的脑子中顿时产生了一种诡念，一个能够掌握人生死的人，那么他的生死也不会长久，更加不会过得幸福，而站在他们面前的这个傀儡，又真正幸福过吗？

“其实我们本不想抓你们回来，可你们过于多事，每次都会破坏我们的好事，打破我们的规则，偷窥我们的秘密，破坏了我们的规矩，所以……你们必须要受到惩罚！”

苏小落和沈墨昭竟然在他说完这句话之后“噗”地笑了出来，突然觉得能从一个成年人的口中说出这么幼稚的话很可笑。

“你……你们笑什么？难道不觉得我这是在教训你们，你们即将面临死亡，还能如此从容？”

苏小落摇摇头，缓缓地抬起头，看着他邪恶的眼底，用自己的纯真告诉他一个不争的事实：“好，就算你认为我们一直都是错的，可真正的错在谁呢？其实是你们，你们用你们错误的观点来看待我们的作为，其实我们却是用真正正确的方式来打破你们的错误，只是你们蒙蔽了眼睛，看不到真相！就算今天你把我们杀了，以后还会有更多我们这样的人来打破你们的规矩，因为你们本身就是错误的，是不对的！”

他竟然被绕了进去，不明白苏小落想要表达的中心究竟是什么。不过对于他来说，这一切都不重要了，他逐渐展开眉头，说道：“这都不重要，重要的是，你们就要从这世界消失了……”

他举起手中的击剑，指在沈墨昭的脸上，轻轻地用击剑的尖触碰在他娇嫩的皮肤上，顿时皮肤有种被刀刺痛的感觉，可沈墨昭已经做好了全部的准备和这个男人拼到底。

沈墨昭想要向后退一步，可发现自己的脚根本没有办法移动，于是用另外一只手挡在了面前，但却没有办法阻挡住他的击剑。

他轻巧地移动着步伐，却永远不靠近他们的身边，用击剑扫着他们的脸颊、身上的衣衫，他似乎是在逗弄着几个少年，他脸上邪魅的笑容让少年们开始恐慌，逐渐显露出邪恶的一面，不再有灿烂和诡异的炫彩。

“让我现在就来结束你们的生命吧……”他如是说着，话音落下的同时把剑搭在了当当的喉咙处，“第一个就用你来祭奠我这把漂亮的剑，它已经很多年没有碰过少女的血液……”

只要他再轻轻地用一些力气，当当的脖子就轻易地被穿透，可他似乎很享受这个过程，慢慢地，一点点地，逐渐地靠近着，看着剑尖的部分渗入皮肤，一股鲜红的血液从皮肤中渗出来……

他轻轻地舔舐着嘴角，他喜欢血液艳红的颜色，更加喜欢它散发出来的诱人味道，这种铁锈味令他全身的血液开始澎湃起来。

剑的尖部依然在缓缓地刺进她的身体，当当疼痛得已经哭了出来，可他们的脚下像是被粘住了一般，竟然动弹不得，她只能从口中发出撕心裂肺的喊叫声。可任凭尖锐的声音在古堡中回荡，也不会有任何人来做回应。

但他似乎并没有理睬当当惨烈的喊叫，他只是在享受这个过程。

“住手，你住手!”当当放开拉着沈墨昭的手，指着男人的鼻子喊道，“变态杀人狂，你给我住手！你究竟要怎样才能放过我们?”

他笑了，却不是善意的笑容，嘴角露出邪恶的笑容令小落头皮发怵，“我为什么要放过你？放了你们出去散播对我们不利的谣言，还是让你们离开这里继续做抵制我们的事情？我不会那么愚蠢，但只要你们从这个世界上消失，就不会有任何一个外人知道我们的事情!”

9 古堡惊魂

“等等……你是说只要我们成为了你们的人，我们就不会死了对吗?”沈墨昭反应比较快，为了能够顺利逃脱这里，他们不得不用一点特殊的计谋，“那如果我们都同意和你合作，为你办事，就像昊轩一样呢？那我们就不会死了吧?”

“不，当然不一样……”他的击剑并没有放下，依然举在当当的喉咙处，剑尖已经深入了她的喉咙，让当当痛苦不已，“昊轩的父亲一直就和我在合作，他不是外人，而你们根本不懂我们这个组织，我不会冒任何风险救你们的!”

他继续开始进行他的未完成的使命，而从暗道里竟然冒出来两个人来，其中一个人的口中还喊着：“爸爸，不要伤害沈墨昭!”

他的手略微地颤抖了一下，把击剑收了回来，他不想当着自己女儿的面去伤害别人，那会对她的心灵造成不必要的伤害……

“爸爸，求求你不要伤害沈墨昭，难道你忘了他和我是有婚约的，我们迟早是一家人……”夏白梦梨花带雨地哭着来到他的身边，抱着他的胳膊不断地摇晃，不让他进一步伤害他们，“求求你，放了他吧!”

夏爸爸的心一直都是坚定的，从来没想过要放过任何人，可他心疼女儿，不想让他伤心，顿时觉得有些为难起来。

而站在沈墨昭他们身后的昊轩也压低了声音对他说道：“你不仅要放了沈墨昭，也要放了苏小落，她从来没有做过伤害幽灵的事儿，你不能如此残酷地对他们，这不公平!”

夏爸爸挣脱开夏白梦的环抱，凛冽的声音再次划破了空气中和谐的氛围：“这个世界本来就是不公平的，你们出生在不同的环境中，所受的教育程度和背景的不同，这就是一种最大的不公平!

上天是很偏心的，就像能够为幽灵组织工作的人，你们才是最优越的！”

“放屁！”苏小落才不管他究竟是什么人，究竟有什么权力，她不顾一切地反击道，“人和人生下来的天生条件是不公平的，但每个人活着都有追求幸福的权利，这是公平的，难道你觉得你把我们杀了，这就公平了吗？你根本都不懂什么是生活，根本都不懂什么才是人的幸福！”

“说得没错！”沈墨昭也加入到了小落的队伍中，和她一起抨击这个男人的谬论，“如果我不认识小落根本都不懂得人生还有这么多的乐趣，夏白梦你也一样，在最危急的时刻如果不是小落每次都能想到解决的办法，恐怕我们早就丧生在了森林中，可你竟然连感激都不懂！还有昊轩，你有什么资格来说我们，你原本就是一个心生邪恶的人，还欺骗了小落对你的纯真感情！”

三个站在被动场合的人竟然反客为主，把他们三个人完全震慑住，竟然不知应当如何来回应……

“咣当……咣当……”

房间内门被人敲响，从门外传来阿依的声音，他皱紧眉头对堡主说道：“堡主，门外竟然来了好多人，我们应当怎么办？”

“什么？”他的击剑竟然从手中滑落掉站在了地上，金属触碰地面的声音让他的心如同玻璃般破碎掉，“怎么会这样？知道秘密的人不已经全部在这里了吗？难道还有遗漏的人？”

苏小落总算是放下了心头的大石，看来他们获救的时刻已经快要到了，她舒展了一口气，脸上僵持的表情也松懈了下来。

“因为你还遗忘了另外的一个人，缪壬教授！”苏小落扬起得意的笑容，她这并不是阴谋，而是出于对一个老者的敬仰和尊敬，“我在暗室里说的话恐怕你也听到了吧？只不过你觉得我是在说谎，是在夸大其词，可没有想到这一切都变成了事实？其实……我也没有想到……”

“你……你竟然耍我！”夏堡主看穿了苏小落的阴谋，以为他们只是想要找到走出古堡的路，“你究竟让那个傻瓜教授做了什么？怎么会有一群人在古堡外，难道你叫了援兵？”

苏小落也不知道古堡外究竟发生了什么事儿，但只要想到缪壬教授能够在危机的关头挺身而出帮他们，她就已经很开心了。

沈墨昭瞪大了眼睛盯着小落，小声地在她耳边说：“你不是说没有找人吗？怎么……”

“嘘……别吵吵！我也搞不清楚状况！”苏小落也有些混乱。

夏堡主稳定了一下情绪，在房间里踱着步子来回走着，其他几个人都已经有些晕头转向的时候，他决定了！

他向门外的阿依喊道：“你聚集古堡中所有的人，抵制他们，一定把这些人全部抓住，一个不留！”

从门外传来一个幽幽的声音：“遵命……”

阿依的这种愚忠让小落叹为观止，难道他的心里就没有一个道德的标准，为这种恶魔做事，他的心里也不会感到任何愧疚？苏小落也试图尝试着把脚从原地移开，但鞋子就像被牢固地粘在了地板上，根本动弹不得。

夏白梦跑过去把沈墨昭的鞋子解开，把他拉到了安全的位置，这才让沈墨昭看清楚。

原来地上根本都不是胶水，而是有一个凹槽形状的东西，把

鞋子狠狠地咬住，这样就让他们完全不能动，而从外表上以为是胶水在作怪。而苏小落和当当还被困在原地，沈墨昭想要去解救，但夏白梦却拉住了他，对他说道：“你要是想从这里走出去，那么就要听我的！不许救她！”

沈墨昭看着小落有些失望的表情，他绝对不可以坐视不理，当他有危险的时候苏小落还不是不顾自己的安危来救他？何况现在已经脱离了危险的范围。

可还没等沈墨昭要去救小落，她的身边已经站了另外一个人——昊轩。

而昊轩也是个自私的人，他仅仅是把苏小落从危机上解除，却并没有管当当。小落回头瞪了昊轩一眼，心里依然还有怨气，这个男生真的是不可理喻，他的内心究竟在想些什么？她不顾昊轩的阻拦，把当当救了出来，并且把自己唯一的一条裙子扯烂了，止住了当当伤口的血。

“小落……”当当很虚弱地靠在小落的怀中，她心疼地抱着她，万把刀刺心的疼痛，“小落，我们一定要出去！”

苏小落握紧了她的手，无比坚定地对当当说道：“我们一定会平安地从这里走出去，我不会让你失望的！”

尾声

古堡在没有任何防御力的情况之下，被缪壬教授带领的这些人突破了重围，他们一路披靡地闯入了古堡中，没有伤及无辜，只是把古堡的人逐渐地打退为止，而带头的人却是一直和苏小落作对的教务主任田乜。

他虽然是一个秃头的胖子，平时也和别人格格不入，但他并不是一个坏心肠的人，他和缪壬教授一样，都心疼学生，爱护每一个学员，当然也包括和维尔利斯学院格格不入的苏小落。

很快田乜主任和缪壬教授就来到了夏堡主的房间，和他对峙。

夏堡主的脸已经完全失去了笑容，这个和他已经阔别已久的教授，令他想起了曾经的往事，让他完全不能摆脱当年的梦魇。

缪壬教授一眼就认出了夏白梦的父亲，他皱紧眉头，觉得这件事不应当和他扯上任何关系，他心痛地问道：“怎么会是你？你怎么能和幽灵组织有关系，当年你是那么……”

“对，当年我是那么优秀！可你也不要忘记，如果不是我的优秀，也不会成就今天的我！我建立了这个组织，就是要用我的智慧造福更多的人，更多的有钱人！”他嚣张傲慢的情绪暴涨着，似乎根本不在乎别人的死活。

缪壬教授和田乜主任都觉得奇怪，曾经那么优秀的学员，怎么变得如此邪恶了起来？他们不顾一切地把沈墨昭和苏小落，当当三个人救了出来，但却依然面临着来自夏白梦父亲的威胁。

“不许让他们跑掉，全部给我抓回来！”夏堡主一声令下，阿依带着其余的几个少年勇往直前地扑了上去。

而也就是在这时，从天而降的风神竟然出现了，它不顾自己身上的伤势和这些人死拼着，还有阿喵也从不知名的地方钻了出来，勇敢地冲了上去。

在层层重围之中，沈墨昭凭借着风神的帮助，小落凭借着阿喵的帮助，还有其他人的共同努力，他们终于冲出了重围，重新站在了古堡的大门外，但夏堡主似乎并不想放弃，他继续命令手下的少年们勇往直前地追上去。

小落不想看到原本平等的人进行一场无休止的厮杀，她站在了队伍的最前端，用身体力行来说明所有的一切。

“我希望你们能听我说一番话。”她的真诚让阿依感动，这个女孩身上有着其他人没有的那般坚定，“不要为一个没有人性的人丧失了你们的理智，难道觉得厮杀就可以解决所有一切的问题？想象一下，如果站在对面的是你们的家人，你们最喜欢的人，你们还下得去手吗？同样都是人，为什么要如此对待？”

阿依的心逐渐开始动摇，他并不是一个冷血的人，而是硬生生地被打造成一个这种性格的男生，他也想像正常的少年们一样拥有快乐幸福的生活。

他的眼底闪烁出一丝悲悯，把手上的武器扔在了地上，长舒了一口气道："你说得对，我不应当把别人的痛苦建立在我的痛苦之上，你是对的……"

随着阿依的投降，其他少年也逐渐地卸下了身上的装备，恢复了原本幸福光彩的笑容。

阿依指了指古堡身后的一片天，说道："你们走吧，从这里就可以回到水漫城堡中去了，以后不要再回来，这里并不是你们的天下。"

苏小落和沈墨昭能够看到蔚蓝的天空，站在结实的土地上，这是一件多么幸福的事儿。最重要的是，他们现在已经安全地回到了学校，回到了那个让他们觉得沉闷的学习生活中，可这一切对于重获新生的他们来说，竟然变得那么幸福了。

"小落，开学之后为什么一直都没有见到夏白梦和昊轩？"沈墨昭一直都很奇怪，就算他们的恶行已经被揭露，但也不能剥夺他们上学的资格。

沈墨昭的背后传来议论纷纷。

"听说夏白梦被她爸爸囚禁了，还有昊轩也被卷入其中……"

"什么啊！因为诅咒的事情被揭露，他们的地下活动已经被曝光，他们没有脸面来上学！"

"不对，我听说夏白梦和昊轩为了这件事受到了很大的打击，他们已经在森林中的古堡自杀了……”

沈墨昭和苏小落对视了一下，这并不是一个好的开端，他们做错了吗？

“沈墨昭，你觉得我们是不是应当……”

“没错！这件事是因为我们而起，所以应当由我们来终结！”

沈墨昭拉着苏小落的手，从维尔利斯学院划着竹筏离开，看来这又是一场无休止的争斗。

在途中究竟还有没有阴谋诡计，还有没有幽灵组织的阻止？

一切都是未知数……